KB052820

풀씨는
힘이 세다

시인 김황흠의 농사일기

김황흠 산문집

풀씨는
힘이 세다

김황흠 산문집

초등학교 입학 이후 줄곧 일기를 써 왔다. 그러나 세월의 부침 속에 손 일기는 다 버리고 몇 권만 소지하였다. 귀농 이후 새천년으로 접어들며 인터넷 카페가 생겼다. 나는 다음 카페에 비밀 서재를 만들어 20여 년 동안 농사일기라는 게시판을 만든 후 일기를 써 왔다. 그 속엔 잡다하게 농사짓는 생활의 일면이 파노라마로 흘렀다. 농사일기가 마무리된 건 2021년경이었다.

농사일기에서 갈등이나 감정의 토로는 되도록 삼가고 농사와 관련된 일만 썼다. 언제 뭔 일이 있었고 어떠했었다는 평면적 기록에 치중하면서 되도록 주관적 견해는 배제했다. 그러다 보니 농사일기가 일상의 블랙박스 역할을 했다.

그러다가 농사와 관련 없는 일상사도 일기 속에 넣어 지금껏 함께 써 왔다. 그 와중에 아버지께서 운명하셨다. 아흔을 사셨으니 남들은 호상이라고 말한다. 그러나 그간 옆에 계서 준 것만으로도 울타리가 되었던 아버지의 부재는 벅찬 슬픔이었다. 그 슬픔의 시간을 지나며 지난 시간의 일기를 들춰 보았다. 아버지, 어머니와 같이했던 시간, 형제들과의 알콩달콩한 이야기, 주민들과의 이런저런 일, 강변을 산책하며 본 것 등.

얼마 전, 우연히 낙서처럼 쓴 한 편의 산문을 읽은 누이가 내게 산문집 한번 내면 좋겠다고 했다.

"오빠 산문은 늘 따뜻해서 좋던데."

그 제안을 듣고 겨울 동안 글을 쓰다가 마침 좋은 기회가 생겨 산문집을 준비하기 시작했다. 이 속에는 다시 돌아갈 수 없는 시간 속을 동행하며 농사와 더불어 살아온 길이 흐르고 있다.

농사지으며 드들강을 배경으로 글을 쓴 지 30여 년쯤 된다. 아무런 사전 지식도, 경험도 없이 서른에 귀농하고 자리 잡기까지 많은 풍파가 지나갔다. 그 만고풍상을 뒤로하다 보면 부모님의 노고와 분에 넘친 사랑 이야기가 있고, 그 속에서 오밀조밀 우애를 다듬던 형제들 이야기가 있다.

아무리 뽑아내도 어디선가 날아와 싹을 틔우는 풀씨들은 농사꾼들과 싸우며 자기 영역을 넓혀 왔다. 나의 어머니 아버지 역시 세상에 시달리면서도 어디서든 풀씨처럼 힘을 내면서 살아왔다.

힘든 일이 태반이던 시절을 견디고 버텨 냈던 건 가족 때문이다. 끈끈한 가족애가 없었다면 지금 이 모습도 있을 수 없다. 그 시간을 돌이켜 보면 새삼스럽게 애틋하고 그리워진다. 처음 귀농한 집 너른 마당에 서서 달을 보며 지친 마음을 달래던 밤이 얼마였던가. 자고 나면 반복되는 수고로움과 피로를 도타운 사랑과 우애로 달래며 저마다의 희망을 가꾸며 키워 온 보람찬 시간이었다.

산문집은 농사일기를 이야기 형식으로 풀어냈다. 그러나 일기를 산문으로 쓰는 일은 간단치 않았다. 우연히 모 책방에 토크가 있어 참여했는데 소로의 '월든' 종합판인 『월든, 숲속의 생활』을 만났다. 개인적으로 오래전부터 좋아한 작가로 짬짬이 발간된 저작물을 읽곤 했는데 이번 책은 종합판이었다.

'모름지기 작가란 타인의 삶에 대해서만 미주알고주알 적어 내려갈 것이 아니라, 자기 삶에 관해서도 소박하고 진실한 글을 써야 한다'는 서두의 한 구절이 전율처럼 다가왔다.

그동안 내 이야기가 부재했던 건 내 이야기가 자칫 화근이 될지 모른다는 두려움 때문이었다. 하여 숨기려는 데 급급하다 보니 내 삶을 어루만진 이야기는 사장되곤 했다. 이러한 내 성격을 아는 이들은 늘 '네 이야기를 해야지, 왜 남 일을 쓰려 하냐?' 충고했다.

  '너의 소박하고 순수한 마음으로 쓰면 돼'라던 충고가 새삼 내 귓등을 어르고 있었다. 누이가 내게 산문집을 냈으면 하는 것도 우리의 이야기를 썼으면 하는 것이지 남의 이야기에 판을 벌이면 되겠냐는 것이었다. 결국 모든 글은 자신의 세계관이 얼비치는 것일 수밖에.

  논밭 농사 말고도 하우스 경작으로 경황없는 세월을 부대끼며 알콩달콩 살아온 이야기를 모았다. 지나간 농사일기를 들춰 볼 때마다 힘들 때나 즐거울 때 늘 옆에서 같이해 온 가족들의 사랑에 새삼 눈시울이 붉어진다. 그리고 어느덧 과거가 되어 버린, 아버지와 같이한 시간에 감사드린다.

  2023년 겨울
  김황흠

작가의 말

2부 도장골 연대기

3부 빗방울은 잔소리를 좋아해

4부 강변에서 그리움을 짓다

추위가 채 가시지 않은 볕살 좋은 곳에서 봄까치꽃은 연보랏빛 꽃을 한 송이씩 차례로 피웠다가 저녁에는 떨군다. 다음 날 새롭게 피어나는 하루살이꽃은 길가나 공터, 밭둑의 햇볕이 잘 드는 곳이면 어디든지 잘 자라 삶터를 탓하지도 않는다.

1부

고생대를 지나온 비문

*

동행

도장골 앞 대촌천 다리를 건너면 남평 평산리 들녘이다. 이 들녘을 휩싸고 흐르는 강이 드들강인데 그 강 건너 평산리에는 논과 하우스 농장이 있다. 겨울이면 유난히 이쪽 하우스 단지가 다른 곳 하우스보다 춥다. 강을 낀 탓에 다른 곳보다 더 추운 것이다.

아무리 추워도 하우스 일 때문에 겨울도 풋고추를 수확하느라 바쁘다. 한 해를 보내고 설을 지나고 나면 풋고추도 끝물이 들 무렵이라 본격적으로 풋고추 겨울 농사를 마무리하는 시간이다.

입춘 무렵인데도 동장군은 여전히 칼바람을 휘둘렀다. 얼 듯한 공기로 입과 콧구멍에선 김이 모락모락 새어 나오고 흙도 단단한 얼음덩어리다. 하우스 문짝이 잘 열리지 않아 문짝 밑 언 흙을 장화로 툭툭 쳐 치우고는 문안 보온 커튼을 걷고 들어선다.

겨울은 고추나무엔 시련의 계절이다. 겨울을 나지 못하는 작물이라 하우스 보온을 제대로 하지 않으면 얼어 죽는다. 처음 귀농하고서 논을 세(貰)로 얻었는데 그 논 주인이 하우스 한 동도 덤으로 가꿔 보라 해서 한 해만 벌던 때가 있었다. 쌀 80킬로그램 한 가마니보다 더 비싼 고춧값에 재미를 보았다.

쌀을 최고로 여기던 아버지께서 풋고추 시세가 그리 좋아 신선한 충격을 받으셨다. 처음 해 보았던 하우스 풋고추 농사의 시세가 꽤 좋았는데 10월 넘어서 갑자기 서리가 내려 고추 농사를 망친 적도 있었다. 그 이유는 하우스 안에 속 비닐을 설치하지 않아서였다. 하우스 원주인이 속 비닐을 설치하지 않아 일어난 일로 얼어붙은 고추를 생각을 하면 지금도 가슴이 저리곤 한다.

그땐 귀농한 지 얼마 되지 않아 하우스 보온이 뭔지도 잘 모르던 때였다. 하우스 농사를 처음 짓던 그때 서리가 무섭다는 것을 알았다. 그 이후엔 한겨울 보온에 늘 신경 쓰면서 하우스에 들어서면 으레 고추나무의 안부를 물어보는 버릇이 생겼다.

　　—밤새 별 일 없었지야?

　　누구와 대화하는 일 없어도 작물에 문안 인사처럼 말을 건넨다. 나의 물음에도 고추나무는 별다른 반응이 없지만 짙은 푸름으로 내 걱정을 덜어 준다.

　　하우스 보온을 위해 주로 수막을 이용한다. 대형 하우스 온수 설비를 할 만큼 경제력이 없어서 가장 저렴한 보온 방식이 수막 보온이다. 하우스 양쪽에 수막용 분수 호스를 설치하고 지하 샘물로 하우스 안을 적정 온도로 유지시켜 준다. 그래서 수막을 위해 밤새 튼 모터는 심장박동기 같다. 그 소리는 고추나무의 굳건한 지킴이다.

　　모터를 끄고 고추나무를 둘러보며 동해(凍害)를 입지 않았는지 안심하고 일을 시작한다. 같이 온 어머니와 마주 보며 끝물 고추를 딴다. 어머니는 밤새 피곤함을 잠으로 잘 달랬는지 따는 소리에 청량감이 있다.

하우스 고추 농사는 귀농하고서 새천년 넘어 본격화되었다. 잦은 수해로 벼농사 수입이 제로에 가깝던 시절에 하우스 농사는 어머니 간청으로 시작되었다. 그렇게 시작한 하우스 농사는 주로 풋고추 재배였다.

칠순이 넘은 아버지와 육십 대 중반의 어머니 그리고 내가 삼십 대 중반을 넘어서던 때다. 그때는 일이 많아 아버지는 어둠도 채 가시지 않은 새벽 일찍 다른 마을에 거주하는 여러 아주머니를 일손으로 데려와 풋고추를 수확했다. 이 일은 아버지 연세가 팔십 중순을 넘을 무렵까지 지속되었다.

운명하시기 두 달 전까지 운전했던 아버지. 아버지와 여섯 살 터울인 어머니는 캄캄한 새벽에 일어나 아주머니들 식사와 새참 준비하느라 부엌에서 분주했다. 나는 찬합과 보온밥통을 승용차 트렁크에 챙기는 것으로 일을 시작했다.

경황없이 많은 풋고추를 작업하며 지내다가 고추 농사 마무리 단계에서는 대개 어머니와 둘이서 남은 고추를 땄다. 나는 딴 풋고추를 운반하고 아버지도 거들어 풋고추 정선 작업을 했다. 그러다 보면 하루는 금방 지나갔다.

세월의 흐름은 어쩔 수 없는지 농사를 지으면서 아버지와 어머니는 병을 달고 살았다. 아버진 젊은 날 얻은 결핵으로 폐 대부분을 잘라 냈는데 나이 들어 가면서 폐기종으로 몇 번 병원 신세를 졌다. 모 병원의 오진에 폐기종으로 운명하실 뻔한 일도 있었지만 아버지는 약해 보이는 듯해도 강한 체력이었다. 아버지가 강한 체력을 유지할 수 있었던 건 어머니의 지극정성 때문이었다. 그런 어머니도 육십 넘어서는 농사일로 무릎 관절이 안 좋아져 인공관절 수술하고 부정맥에 곧잘 쓰러져 심장박동기를 달았다. 그런 몸인데도 농사를 놓지 않았다.

몸이 아픈 부모님과 함께 농사를 짓다 보니 일이 분업화되었다. 아버진 일하는 아주머니를 구해 데려오고 데려다주는 일, 어머니는 아주머니들을 건사하며 고추를 땄다. 난 딴 고추를 나르고, 포장 박스를 만들고, 기록하는 일을 종합적으로 관리했다. 가끔 형님과 동생이 물건을 날라 주고 일손도 데려오고 했지만 대부분 농사는 부모님과 나의 일이었다. 시세가 좋으면 칭찬을 잔뜩 들어 좋았다가 시세가 안 좋으면 박스를 제대로 관리 안 했다는 지청구도 듣곤 했다.

그런데도 부모님과 동행하여 농사짓는 시간이 행복했다. 쉴 틈 없는 농사여도 부모님과 더불어 농사짓는 일이 사랑을 가꾸는 시간이기도 했다. 그러나 아버지 연세가 구순에 가까워지면서 더는 하우스 농사가 무리였다. 그렇다고 농사를 안 짓자니 생활이 문제였다. 농장과 집이 있어도 생활비며 의료비용은 벌어야 하기에 무리인 줄 알면서도 일에서 쉬이 빠져나오지 못했다.

한때는 열 마지기 넘는 하우스 고추 농사를 지었는데 부모님 건강과 나의 체력이 감당하기 힘들었다. 갈수록 일손 구하기도 어려웠다. 그래서 소규모 농사로 줄인 후 작업량이 많을 때는 일손을 구하고, 끝물 고추를 딸 땐 어머니와 둘이 작업을 했다.

종일 하우스에서 보내니 집밥 먹을 틈이 없었다. 점심도 집에 가 대충 먹고, 쪽잠도 헌납하고 나와 오후 일에 집중했다. 그래도 끼니 중간마다 아버지는 남평에 들러 새참을 챙겨 왔다. 남평 읍내에 다녀올 때면 늘 찐빵과 어묵탕, 막걸리도 두어 통 받아 오곤 했다.

고추나무 두둑 사이로 엉덩이 방석을 깔고 앉아 도란도란 말 꽃을 피우는 아버지와 어머니의 정다운 모습에 하우스 안은 봄날같이 따뜻했다. 나는 옆에서 부모님이 도란도란 나누는 생의 여정을 듣는다. 여느 부모님처럼 내 부모님도 자식 사랑은 늘 측량할 수 없는 깊이임을 새삼스레 느끼기 좋은 시간이다.

평소엔 말을 아끼다가도 속마음을 내비치는 아버지와 어머니 반려의 길은 늘 감동이다. 서로 위무해 주며 일하다 보면 어느새 짧은 해가 산등성이에 걸려 있다.

"내일 허게 언능 가지고 나와라." 먼저 자리에서 일어난 아버지는 자동차 운전석으로 가신다. 내가 고추부대를 손수레로 실어 내어 차에 옮기면 어머니도 일어나 먼저 전동차를 타고 가신다. 하우스 문단속을 하고 아버지와 승용차에 고추를 싣고 집으로 돌아온다. 벌써 집 안은 먼저 온 어머니가 켜 둔 불빛에 환하다.

농사지으며 부모님과 같이한 동행은 지나온 내 삶의 아름다운 반려였다. 누구든 힘들고 고통스럽지 않은 삶이 없다. 삶의 고통을 반반 나누며 아껴주고 안아 주던 시간, 되돌아갈 수 없는 아름다운 그 시간을 더듬다 보면 거기엔 사랑이 무진장 넘쳐흘렀음을 느낀다.

하우스 안에서 봄소식을 듣는다

끝물 고추를 따고 나면 고추나무를 철거하기 시작한다. 고추 줄을 끊고 지주대를 철거하면서 겨울 하우스 농사를 마무리하는 것이다.

수확이 끝난 풋고추 나무를 뽑아 밖으로 내다 놓는다. 다른 농가에선 대개 그냥 줄만 빼고 그대로 트랙터로 로터리 치는데 우리는 밖에 내놓아 말려 소각한다. 그대로 로터리 치면 고추나무에 기생하는 해충들이 살아서 다음 작물에 전염되기 때문이다. 다른 농가에서도 이를 알지만 그분들 하우스는 대형 하우스들이라 일일이 들어 내는 일은 일손만 더 부치는 일이라서 병충해를 감수하고 그대로 로터리 친다. 집에선 이를 예방하고자 하는 것이어서 어머니가 줄을 끊어 놓으면 나는 지주대를 뽑고 고추나무도 거두어 손수레로 실어 낸다.

고추나무를 들어낸 텅 빈 자리는 풀이 무성하다. 고추나무를 밖으로 다 내놓고 나니 봄까치꽃이 피었다.

—아직 겨울이 한참인데 벌써 봄맞이 나온 거야?

연보랏빛 꽃들이 눈길을 사로잡는다. 나는 꽃 웃음을 띠고 한마디 건넨다. 실없는 내 말에 분홍빛 꽃들이 방실방실 웃는 것 같다. 싱긋 웃는 것이 봄 색시 같다. 초례에 갸웃이 신랑을 바라보는 순한 눈매와 잠깐의 눈맞춤으로 마음이 살랑댄다. 내 마음을 들켜 버린 건 아닐까 싶어 조마조마한 내 눈에 수줍은 듯 하늘거린다. 마주한 눈길은 순수하기 그지없다. 겨울 동안 일하느라 닫힌 내 마음을 풀어놓는 향기와 웃음에 몸속 차가운 기운이 녹아내리고 있다.

하우스 안에서 철모르고 피어난 봄까치꽃은 몇 가지 이름으로 불린다. 그 몇 가지 이름 중 좀 듣기 민망한 이름을 가진 꽃이 봄까치이다. 봄까치꽃의 본래 이름은

'개불알풀꽃'이다. 꽃이 지고 나면 열매 모양이 개의 불알을 닮아서 붙여진 이름이다. 이게 조금 더 큰 것이 큰 개불알풀이다. 혹자는 일본 사람이 한국을 조롱하기 위해 지었다는 말도 한다. 또 하나 특이한 별칭으로는 '지금'이 있다. 지금이란 한자로 地錦, 즉 땅 위의 비단이라는 뜻으로 보랏빛 꽃이 군락을 지어 죽 피어 있는 모습이 정말 비단을 깔아 놓은 듯해서 붙여진 봄까치꽃의 학명은 Veronica persica이다. 속명 Veronica는 예수가 십자가를 짊어지고 갈보리산으로 올라갈 때 얼굴에 흐르는 땀을 닦아 주었던 소녀의 이름이며, persica는 페르시아 지방을 뜻한다. 유럽인들은 베로니카의 영혼이 꽃으로 환생했다고 한다.

꽃말이 '기쁜 소식'인 봄까치꽃은 긴 겨울 하우스 안에서 농사일로 감수성이 고갈된 내게 봄소식을 전하기 위해 바깥보다 먼저 핀 것일까. 일만 하느라 글을 써야 하는 감수성을 늘 변두리에 몰아 놓고 산 것 같다. 농사도 중요하지만 글 쓰는 일도 중요한데 글 쓰는 일에 시간을 주지 못한 겨울이다. 갓 피어난 봄까치꽃은 이렇게 무뎌진 감수성을 회복시켜 준다.

겨울 그 추운 시간을 이겨내고 꽃을 피웠으니 잡초

라 무시하지만 이름이며 꽃말도 아름답다. 겨우내 하우스 일로 여념 없다가 불쑥 끼어들어 소식 한 장을 안겨 주는 꽃이 반갑다. 벌과 나비를 불러 모아 벌인 작은 잔치에 나도 그 틈새로 쪼그리고 앉아 본다. 난청을 파고드는 소탈한 봄소식. 저 보랏빛 조그마한 꽃도 앉아서 보아야 제대로 보인다.

폐가 약한 아버지도 심장박동기를 달고 사는 어머니도 긴 겨울의 끝자락을 건강히 건너와 활짝 웃음을 짓는다. "아따, 그래도 봄은 오는갑다. 치워 놓고 보니 꽃잔치구나." 아버지의 눈에도 봄까치꽃이 보이는 걸 보니 꽃하고 인연이 없을 듯싶은 아버지 마음에도 봄을 이겨낸 꽃내가 스민 것 같다. 추위가 채 가시지 않은 볕살 좋은 곳에서 봄까치꽃은 연보랏빛 꽃을 한 송이씩 차례로 피웠다가 저녁에는 떨군다. 다음 날 새롭게 피어나는 하루살이꽃은 길가나 공터, 밭둑의 햇볕이 잘 드는 곳이면 어디든지 잘 자라 삶터를 탓하지도 않는다. 이 나라 강산에 자라는 무수한 풀들이 어디 자라는 곳을 탓하던가. 흙만 있으면 어떻게든 질긴 목숨을 이어 간다.

어디서 살든 자기가 사는 곳에 애정을 갖지 않는다면 삶의 의미가 없다던 담양에 사는 세설원 선생님의 조언은 늘 내 마음 언저리에서 빛난다. 사는 게 모질어도 질긴 생활은 어떤 환경 속에서도 이어진다. 귀농하고서 처음 겪은 농사일이 이젠 단단한 생활력으로 피었다. 물 한번 안 묻히고 살았던 어머니나 사업하던 아버지가 처음으로 경험한 농사일도 어떤 상황이든 삶은 질긴 생활력에서 비어져 나오는 것을 느끼게 했다.

농사를 짓는 사람은 제 농장을 탓하면 안 된다고 했다. 농사를 수없이 실패하는 건 농사짓는 방법이 문제지 농장이 문제일 순 없다. 그런데도 간혹 실패를 엉뚱한 곳에 돌려 평계를 댄다. 땅이 문제라면 땅의 성질을 제대로 파악하고 농토를 개량하면 되는데 실패의 원인으로 농장 탓만 한다는 것이다. 이런 경우를 나는 많이 보아 왔다. 나라고 농장이 항상 시설이 좋고 터가 좋은 것만 아니다. 다 헐어 가는 하우스를 싸게 사서 돈을 들여 농사짓는 환경을 조성도 해 보았고 길이 없는 맹지 논을 싸게 매입해 벼농사도 지었다. 결국 문제는 극복하고자 하는 의지가 아닐까. 농사만 아니라 모든 일에서 극복하고자 하는 의지가 생활력이다. 농사는 이런 생활력을 키우게 한다. 부단한 노력이 열매로 맺어질 때처럼 한겨울 울창한 고추나무 아래 커 가던 봄까치들, 어느 날 한꺼번에 연보라 카펫을 깐다.

볕살이 따스하다 못해 소맷자락을 걷어 올리게 한다. 겨우내 움츠렸던 허리가 펴지는 듯 따스한 느낌으로 다정한 것들이 봄을 맞는 마음은 무릇 겸손해야 한다고 일러 준다. 봄은 매번 쉽게 오는 것 같지만 그렇게 만만하게 오는 것이 아님을 꽁꽁 얼어붙은 강의 얼음장에서 본다. 얼음장 밑 물소리 따라 봄도 흐른다. 봄까치꽃도 그렇게 흘러와 핀다. 봄까치꽃! 얼마나 예쁜 이름인가.

고생대(苦生代)를 지나온 비문(悲文)

귀농할 무렵 남평 평산리 들녘은 비만 오면 잦은 침수로 벼가 물에 잠겼다. 그러다 보니 다른 논에서 나온 벼보다 쌀 품질이 하품이었다. 그래도 다행인 것은 그 시절 쌀 수매 가격이 그렇게 낮지 않아 하품이어도 농사에 드는 비용을 어느 정도 감당할 수 있었다.

참여정부 시절 여름을 잊을 수 없다. 어느 해인가 큰 비로 드들강이 역류했다. 배동 올라온 벼꽃이 지고 이삭이 고개를 숙일 무렵인데 아침부터 비가 쫙쫙 쏟아지더니 눈앞에 창살을 세웠다. 논을 돌아보러 갔지만 이미 논은 물속에 잠수했다. 방죽에는 주민들이 나와 웅성웅성하며 발을 동동 굴렀다.

남평 평산리 배수장을 지은 지 얼마 안 된 상황이었다.

"배수장 만들면 물난리 없다면서 어쩨 이런 일이."

배수장을 관리하던 나주시 안전 재난과 직원들이 주민들 앞에서 쩔쩔매고 있었다.

"이렇게 물이 많이 들어올 줄 몰랐습니다."

역류한 물은 거침없이 들어왔다. 수나라가 고구려를 침략하기 위해 동원했다는 삼백만 대군은 아무것도 아니었다. 농토는 그렇게 역류해 들어오는 거센 붉덩물에 어이없이 대항 한번 못 하고 잠겼다.

애써 지은 농사가 하늘의 빗발친 저주에 무너지고 저마다 주름이 울음통으로 가득했다.

남평에 간 동생은 전화로 남평 읍내가 물에 잠겼다고 했다. 남평이 물에 잠기다니. 남평 일대와 광주 대촌 지구 일대가 물에 잠겼다. 종말론이 현실이 되는 건 아닐까 싶던 하루.

도장골도 구릉 아래도 물에 가라앉았다. 그나마 다

행인 건 집이 잠기지 않았다는 것뿐이다. 저마다 이럴 거면 집도 잠길 것이지, 했다. 세상이 다 물속에 가라앉은 것만 같았다. 물에 잠긴 곳은 논만 아니었다. 평산리 비닐하우스들도 물속으로 잠수했다. 그 많은 작물이 물에 잠겨 죽어 가도 손 한번 쓸 수 없었다.

대홍수는 작물의 떼죽음을 놓아두고 밤이 되어서야 빠져나갔다. 오산마을, 남평 평산리 촌락까지 홍수에 휩쓸렸다. 지금의 잘 지어진 집들은 그 시절 국가가 내준 보상이다. 벼는 하필 알이 여물 무렵 물난리에 쓸려서 흙탕물 속으로 버무려졌다. 군부대를 비롯해 수많은 단체에서 벼를 일으키는 복구 작업에 동참했다. 밥알조차 모래를 씹는 기분이었다. 씹히는 밥알에 이가 다 깨져 버릴 것 같은 참담한 시간을 보냈다. 그런 경황없는 와중에도 어머니는 봉사하는 군인이며 학생의 새참을 챙겨 주었다. 누구랄 것도 없이 간절한 마음을 담은 군인들과 학생들, 여러 단체의 행렬이 평산리 들녘을 가득 채웠다.

흙에 짓무른 벼를 일으키다가 주저앉던 날이 있었다. 아무것도 보이지 않았고 아무 말도 들을 수 없던 날, 농사꾼의 마음이 뭔지를 처절하게 느꼈다. 최선을 다해도 하늘은 기회를 주지 않는구나. 그러나 가장 절망한 이는 부모님이나 내가 아니라 동생이었다.

젊은 나이에 부모를 도와 농사를 짓겠다고 날마다 들녘에서 살던 동생이다. 트랙터로 논이며 하우스 안을 로터리 치고 농약을 하고 가을이면 나락 수확을 위해 콤바인을 몰던 동생의 충격은 엄청났다.

자연 재해의 험한 시련에 좌절해 버린 동생은 한량 소리나 꽤 듣는 젊은이들과 어울려 돌아다니기 시작했다. 좀처럼 아픔을 털고 일어날 줄 모르는 동생을 간신히 어르고 달래서 시커멓게 그을린 벼를 수확했다. 그리고 남평 농협 식량 저장고가 있는 미곡종합처리장으로 수매하러 갔다.

11월의 첫 겨울바람이 몹시 매웠다. 눈발 휘날리는 공판장엔 많은 농가가 벼를 트럭에 실어 날랐다. 우리에게 할당된 나락을 상판에 포갰다. 몸만 추운 게 아니라 마음마저 꽁꽁 얼어 동태가 된 듯한 수매 현장.

팍팍한 마음에 저마다 담배 한 대씩 피우느라 공판장이 담배 연기로 흩날렸다. 거기에 동생도 같이 끼여 뿜어내는 담배 연기.

"그래도 그렇지 뭔 담배를 그리 피우냐."

동생 마음을 알아서 크게 뭐라 하진 못하고 멀거니 검침원 동태를 지켜보는데 잠시 후 검침원 두 명이 다가와 가마니에 담긴 나락을 쇠꼬챙이로 푹 질렀다. 꼬챙이에 담겨 나온 나락을 보곤 한마디 한다.

"아따, 올해 다들 나락이 좋더니만, 이 집은 왜 이렇게 거무칙칙하요."

한 사람이 망치 도장으로 쾅쾅 찍었다. 통사정으로 얻은 B급 나락이다. 하급을 면한 등급의 1년치 농사.

"사정 짠한 거 안께 봐주요. 저짝 쉼터 가면 커피 있응께 한잔하시오."

뻔한 사정을 알아주는 검침원의 말이 고맙던 수매 현장에서 동생은 자꾸만 담배를 피워댔다. 그래도 검침원의 따뜻한 웃음이 그나마 좋았다. 한숨 쉬는 동생은 또 담배 한 대 꼬나문다.

"뭔 담배를 그리 피 싼가, 고생했네."

온갖 농사일 다 거두고도 탈탈 털린 호주머니다. 텅 빈 호주머니엔 담배 한 개비다.

"형님, 담배 한 개비 사 피울 수 있는가 모르겠소."

"야, 아무렴 그깟 담배 하나 못 사겄냐. 그러나저러나 오늘 동생이 피워 싼 담배 연기에 이 형이 오래 못 살

거다."

"왜요? 형님."

"원래 폐암 환자가 담배 피운 사람보단 담배 연기 맡은 사람이 많대."

"아따, 그 소린 어디서 들어서. 알았어요, 알았어."

담배를 장화로 밟아 끄고 한참 눈발을 바라보던 동생이 무거운 말을 열었다.

"형님, 남평에서 국밥이나 먹고 갑시다."

힘내자는 말도 할 수 없었던 동생 얼굴이 무거웠다. 농을 걸었지만 천근으로 내려앉은 건 나나 동생이나 마찬가지였다.

국밥집에서 동생이 따라 준 막걸리 맛을 잊지 못한다. 시커메진 건 너나 나나 마찬가진데 길이 이리 다르구나 싶던 아득해진 지난 시절.

큰 농사를 짓던 시절엔 동생의 뒷심이 대부분 차지했다. 그러나 그 시절의 성장통은 늘 비문(悲門)이었다. 떠올리면 늘 가슴앓이 같은 시간이 주룩주룩 비로 내린다. 어떤 환경 속에서 살든 농사짓는 사람은 제 농장을 탓하지 말아야 한다는 생각은 여전하지만, 나도 농사를 지으며 여러 번 농장 탓을 하곤 했다. 그러나 부모님의 묵묵한 농사를 향한 정진은 내겐 하나의 목표였다.

각자 뜻한 마음을 품고 떠나고 난 농사 현장엔 나와 부모님만 남았지만, 이젠 돌아갈 수 없는 고생대다.

군무

    고양이 손도 귀하다는 농번기에 들어서면 시간을 잊는다. 겨울 동안 하우스 일로 바쁘게 보냈다가 하우스 풋고추 농사를 마무리하고 나서 즐기던 짧은 동안거가 어제 같다. 망종에 이르러 새벽밥도 먹는 둥 마는 둥 서둘러 삽을 챙겨 논으로 갔다. 밤새 물을 받아 둔 무논을 살피다 보면 해는 중천에 떠오르고 그러면서 트랙터가 언제 오나 기다렸다. 오늘내일로 미룰 일이 아닌 게 농사여서 논둑을 보다가도 트랙터가 올 제방 길을 바라보았다.

기다림과 살핌이 수시로 교차했다. 물이 찬 무논을 돌며 혹시나 논둑에 구멍 나지 않았나 돌아본다. 재수 없는 일은 들쥐나 드렁허리가 구멍을 뚫는 것이다. 그런 일이 생기면 받아 둔 물이 졸졸 새어 나간다. 이때만큼 속이 시커멓게 탈 때가 없다. 애써 받아 놓은 물이 쫙 빠져 버린 경우를 여러 번 경험해 봐서 될 수 있으면 물을 종일 받는 이유가 이렇다.

구멍 난 자리를 뻘이 된 흙으로 메우고 삽으로 탁탁 친다. 그러다 보면 그 서슬에 놀라 여린 풀 속에 숨었던 개구리가 퐁당 무논으로 뛰어든다.

"개굴개굴!"

"에구, 미안."

논배미 건너 야트막한 산비탈에는 아직 꼿꼿이 선 마른 억새가 흔들린다. 그렇지만 서서히 진초록으로 물 들며 여름엔 풀 베는 일로 속깨나 태울 풀의 푸름이 질 주한다. 풀을 밟고 가니 물이 찬 무논으로 트랙터가 웅 장한 행진을 하듯 들어선다. 우렁찬 소리가 한바탕 논 을 휘젓는다.

쟁기질이며 써레질이며 도맡아 했던 옛 전설인 황

소의 자리를 소소한 바람이 지나가는 동안 로터리 치는 트랙터 소리가 우렁차다. 그 뒤로 쇠백로가 떼로 날아와 먹느라고 바쁘다. 트랙터 운전기사도 신기한지 힐끔 돌아본다. 아무리 바빠도 따라다니는 쇠백로들 모습이 신기하기만 하다. 그 광경을 보고 있으면 쉴 틈 없는 농번기의 진땀이 씻기는 듯하다.

봄철이면 한가로이 트랙터 뒤를 쫓아다니며 미꾸라지로 보양하는 쇠백로, 왜가리 풍경은 이때 절정에 다다른다. 예전엔 물 로터리 칠 때면 트랙터 뒤를 쫓는 왜가리며 백로가 논바닥을 하얗게 뒤덮었다. 갈수록 개체 수가 줄긴 하지만 아직도 무논을 써레질하는 트랙터 뒤를 쫓는 쇠백로 떼를 보노라면 새와 사람이 일정한 거리에서 춤을 추듯 노는 것 같다.

트랙터가 뒤로 방향을 틀 때면 일제히 하늘을 뒤덮은 새 떼의 군무가 다시 무논에 사뿐히 내려앉는 광경은 참으로 볼만하다. 잠시간의 놀람과 놀람 속에서 터져 나오는 소리들이 소요를 일으키지만 서로 부딪침 없이 어울리며, 일정한 간격으로 날아올랐다가 내려앉는 광경은 질서정연한 세계가 거기도 있구나 싶다. 흙탕물을 어기적어기적 밟는 동안 흙은 잘 반죽이 되어 영양

생물이 고르게 퍼져 나간다. 기계로 못 할 일을 왜가리나 백로 떼가 손수 흙바닥을 주물러 주는 것이다.

논배미 맞은편 너머로 트랙터 쟁기질에 놀란 개구리 몇 마리가 풍덩풍덩 무논으로 뛰어든다. 트랙터 뒤로 여전히 강심장을 가진 왜가리 몇 마리가 맵시 좋게 연신 미꾸라지를 주워 먹느라고 부리가 바쁘다.

"왐마, 아까 그 개구리 큰일 나부렀네."

생각한다는 게 서슬에 놀라 뛰어든 개구리 걱정이다.

"사는 거야 지 복이니까 뭐, 잘 피해 가더라고."

어디 있는지 모를 개구리의 무탈을 바라며 떼로 몰려든 쇠백로를 본다. 저마다 부리로 미꾸라지를 먹느라 바쁘다.

소가 논을 쟁기질할 땐 새참도 참 걸었다. 잘 먹어야 소도 일꾼도 일을 열심히 하기 때문이다. 귀농해서 처음 모심을 무렵엔 논배미 그늘진 나무 아래서 동네 사람들이 옹기종기 모여 새참 먹는 모습을 봤다. 처음 본 사람이라고 낯설어하지 않고 손짓으로 부르던 동네 사람들 인심이 한껏 그리운 '새참 문화'는 고령화 속에 사라지고, 전문 영농 업체의 트랙터가 대신하면서 그나마 남아 있던 정겨운 새참 문화도 사라졌다. 사라진 새참 문화의 공간을 간식인 음료수와 빵이 차지했다.

논농사를 지으면서 한때 어머니는 새참으로 통닭에 막걸리를 푸짐하게 차려 오곤 했다. 지금도 어머닌 그때 일을 이야기하면서 그 시절이 힘들긴 해도 좋았다고 한다.

새참 문화가 변한 시절이라 아버지도 새참으로 빵과 우유를 사 온다. 처음엔 어머니더러 새참을 챙기라 했는데 어머니가 무릎을 수술하고 심장박동기를 달면서 더는 새참 차리는 일을 하지 않았다.

나는 간식을 전해 주고 논둑에 서서 아버지와 같이 진귀한 풍경을 바라보았다.

"예전엔 소가 쟁기질할 때면 학도 많이 몰려들었단다."

학이 농약에 전멸해 버린 상황에 그나마 쇠백로나 왜가리가 거니는 풍경이 얼마나 다행인가. 친환경 농법이 보편화되면서 전멸한 학의 재출현 뉴스를 보면 자연은 사람만의 공간이 아니다. 야생과의 공존이 얼마나 중요한가를 새삼 느낀다.

이 무렵은 쇠백로가 건강식을 듬뿍 먹을 수 있는 시간이다. 길쭉한 부리에 걸린 미꾸라지가 연신 꿈틀대도

단숨에 꿀꺽 삼켜 버리는 왜가리의 먹성이 오늘따라 한
바탕이다. 트랙터가 로터리를 치고 써레질까지 한 무논
에 흙물이 가라앉자 투명한 물 위로 하늘이 내려앉는
다. 수면을 잔잔히 흔드는 바람이 대낮의 따가운 볕을
식힌다. 어디서 왔는지 소금쟁이, 물방개가 모여든다.

"아야, 물꼬 잘 보고. 어디 터졌나 잘 보고 들어와라."

아버지 부탁을 들으며 논둑을 돈다.

농사는 풍요로움을 꿈꾼다. 풍요한 세상은 바로 농
사에 있기에 농업을 천하 대본이라 한다. 모든 일은 농
사에서 비롯된다는 것이다. 산업화 이후 소외의 그늘에
묻혀 버린 농사의 중요성은 아무리 주장해도 지나치지
않다. 사람을 멀리하는 쇠백로들 군무를 바라보는 눈빛
이 흥겨운 건 같이 어울려 논다는 것이다.

더불어 한세상을 노는 것만큼 아름다운 게 어디 있
을까. 그 아름다움이 풍요라는 생각을 해 본다.

소금쟁이

트랙터가 마지막으로 써레질하고 나간 무논은 부대
낌도 잦아들어 어느새 평온한 물빛이 어린다. 금방까지
격랑을 일으키며 트랙터 지날 때마다 시나위를 벌이던
흙물이 바람에 어룽거린다.

물에 어린 해가 흔들거린다. 후덥지근하게 날을 세
우던 햇살이 마치 물에 잠겨 목욕하는 것 같다. 물 위를
소금쟁이가 열심히 걸어간다. 뭔가 그리 바쁜 그것도
아니듯 스텝이 탱고 춤이다. 소금쟁이가 물 위에 떠도

는 하루살이를 열심히 잡는 모습을 본다. 긴 다리는 가볍게 물 위를 사뿐사뿐 걷는 듯 미끄러지며 달려간다. 그럴 때마다 신기하다. 저 작은 곤충이 저렇게 사뿐히 걸으며 저보다 작은 하루살이를 쫓아가는 모습이 영락없는 써레꾼 같다.

소금쟁이는 발목마디가 방수성의 가는 털로 덮여 있어 물에 빠지지 않고 건넌다. 걸어갈 때마다 물 나이테가 인다. 밟아댈 때마다 물 나이테가 퍼지는 모습은 영락없이 징을 때리면 울려 퍼지는 소리 같다. 농악기인 징은 보통 선두에서 농악대를 진두지휘한다. 징 보다 작은 꽹과리가 분위기를 복돋는 역할을 한다면 징은 큰 소리로 울려 퍼져 군중을 모은다.

징은 묵직한 어른 말씀 같다. 소금쟁이 발에 퍼지는 물 나이테는 논흙을 발로 주무르던 아버지의 물질 같다. 써레질로 주물러대는 물이 오래오래 무논을 휘도는 모습을 보면 소금쟁이가 만든 물 나이테도 징 소리를 닮아 무논 위로 퍼져 간다.

여기저기 퍼지는 물 나이테. 한두 마리가 아니라 족히 수십 마리가 될 듯하다. 징같이 울려 퍼지는 징, 징, 징 소리를 나이테로 퍼트리는 작은 발자국들. 가벼운 발로 징징 밟아대는 소금쟁이는 뭐니 해도 써레질꾼이다. 물을 주무르는 솜씨가 가히 달인이다.

한때 종일 땀띠 나게 써레질하던 날이 있었다. 몸도 그다지 좋지 않았지만 모심는 일이 급해서 고양이 손을 하고는 긴 쇠스랑을 들고 논흙을 써레질하던 날이 떠오른다. 거뭇하게 피부가 타는 것도 잊고 아버지가 데려온 일꾼들 틈에 끼여 써레질하던 날.

써레질이 서툴러 결국 퇴장당하는 쓴맛을 보았어도 그 힘든 노역은 내게 논흙을 잘 다듬어야 모가 제대로 자리 잡는다는 것을 깨쳐 주었다. 튼튼한 모가 벼로 성장하기 전의 흙은 어쩌면 막 태어난 아이에게 젖을 찾아 주는 어머니 같다. 그래서일까. 소금쟁이의 발길질이 신기했다. 물 밖에서 물을 가지고 놀아 본 유일한 써레꾼 소금쟁이 같다.

소금쟁이는 저보다 더 작은 생물을 잡아먹기도 하지만 자신의 개체 수가 너무 많을 때는 자기들끼리도 잡아먹는다고 한다. 또한 벼에 가장 해로운 해충인 멸구를 잡아먹는데 농약을 자주 할 때면 소금쟁이 따위의 곤충이 살지 못해 멸구가 기승하여 고생하기도 했다.

지나친 농약 살포가 논에 사는 천혜의 천적을 몰살

시켜 버린 것이다. 그러나 친환경 농법이 보편화된 뒤로 다시 소금쟁잇과의 개체 수가 불어나면서 멸구 피해가 갈수록 줄고 있다는 반가운 소식을 듣는다.

논배미의 무논은 고요하다. 오로지 소금쟁이와 물방개만 고요한 무논을 바쁘게 돌아다닌다.

무논은 소금쟁이가 뛰어다니는 운동장이다. 흙물에 얼비친 까만 모습은 생명의 첫 모습 같기도 하다. 반려견이나 반려묘 새끼가 제 어미 젖을 찾을 때면 어미는 벌러덩 누워 더 크게 벌리는 젖 자리를 보는 것 같다. 모가 자리를 잡아 가기 편하게 써레질하는 긴 다리, 어쩌면 이 나라 농민들의 강건한 다리 같다.

즐거움을 경작하는 삶

일에 몰두하다 보면 좋은 건 복잡한 주변을 잊게 된다는 것. 일을 통해 즐거운 마음을 얻는다. 아무 생각 없이 일에만 전념하는 건 참 쉽고도 어려운 일이다. 힘든 일을 마냥 좋다고 할 수 없지만 단순한 동작에도 좋은 마음으로 일하다 보면 복잡다단한 생각이 멀찍이 사라진다.

스트레스 안 받고 근심 걱정 없이 매사 즐거운 마음으로 일하면 아무리 힘들어도 덜 고달프고 기분도 좋다. 그러한 마음 자세가 나에게는 가치가 있고, 나 자신이 빛난다는 생각에 흙투성이로 돌아와도 좋았다. 지금도 늘 그런 날이 힘들고 고달프지만, 행복한 시간임을 느낀다.

일이 늦게 끝나도 농장 근방에 강이 있어서 잠깐이어도 강을 찾는다. 강물을 보면 오늘도 나에게 주어진 일에 최선을 다하며 살았는가를 물어본다. 나는 처음부터 농사일을 그리 신통하게 잘하지 못했다. 실수투성이로 여러 번 입방아에 오르내렸다. 곧잘 말이라는 도마에서 적잖이 칼질도 당해 봤다. 그럴 때마다 일은 서툴러도 끝까지 지켜봐 주던 아버지가 있었다. 싫은 소리 같아도 결국 실수를 반복하면 안 된다는 아버지 염려가 담긴 말씀이었다.

"흠 없는 사람이 어디 있다냐. 그래도 같은 일을 실수하면 안 된다."

끊임없이 실패하면서도 다시 일어설 수 있었던 것은 아버지 어머니가 살아낸 인생 지도가 있었기 때문이다. 그 지도를 따라 걷는 과정에서 내 딴은 잘한다 싶었는데 실수가 반복되고 다치기도 했다. 그것은 내 성급함이 만든 일이었다.

일이 습관적으로 몸에 배면서 점차 삶의 즐거움이 되었다. 처음 농사를 할 땐 귀농하면서 생활의 곤궁함을 채우고자 시작했다. 농기구를 만져 보지 못한 내가 지청구를 들으며 배운 일이 점점 익숙함을 넘어 농기구를 몸에 맞게 맞추는 요령으로 진화되었다. 그렇게 나날이 채워 온 삶이 이제는 어느새 홍엽으로 물들었다.

끝없이 분투하며 여기까지 흘러온 것은 부모님의 부지런한 성품을 이어받은 덕분이다. 부지런에는 게으름이 끼어들 틈이 없다. 쉼 없이 즐거움으로 삶을 경작하는 일은 하루하루 의미를 얻는 시간이다.

들리는 세상사 소식은 어쩌면 삶의 경작에서 즐거움이라는 연장이 없어서 그런 게 아닐까. 고달픈 삶은 늘 부정적인 마음에서 비롯된 건 아닌지 되물어 본다. 삶을 부정이라는 연장으로 경작할 때 하루하루가 암담하다고 생각한다. 그렇다고 모든 걸 긍정하는 건 아니다.

긍정이라는 윤활유로 살아가면서 마모되기 쉬운 삶의 여정을 적셔 즐거운 삶이 되자는 것이다. 가난해도 행복했던 예전의 우리가 있었음을 잊지 말아야 한다. 힘들어도 귀농의 시간이 아름다운 시간이었던 건 좌절

하지 않고 즐거운 마음으로 터를 일궈 왔기 때문이다.

두더지 게임

    귀농 이후 조금씩 농사를 불려 나갔다. 그 와중에 시작한 하우스 풋고추 농사는 부모님의 고령화와 지병, 나의 체력 한계 속에서 조금씩 줄여 갔다. 그러다 보니 올 농사가 마지막이라는 부모님 말이 해를 거듭하다가 진짜 마지막이 된 풋고추 농사 때의 일이다. 하우스 딱 한 동만 하게 되어 트랙터가 로터리 치고 두둑을 만들었다. 두둑 앞뒤로 말뚝을 박고 사이사이 작은 플라스틱 막대기를 꽂아 줄을 쳤다.

고추 모를 옮겨 심고 물을 주고는 며칠 놔두었는데 두둑마다 두더지가 돌아다니며 고추 모를 뽑아 놓았다. 마지막 농사 치곤 고약한 일이어서 인터넷 검색을 통해 두더지를 죽이지 않고 쫓아내는 방법으로 알아보았으나 결과는 신통치 못했다.

두더지가 싫어한다고 해서 플라스틱 파이프도 박아 보고, 밤중에는 고성으로 음악을 틀어 놓기도 했지만 이놈들은 잘도 돌아다녔고, 나는 스트레스가 쌓이고 있는 형편이었다. 이건 숫제 두더지 게임 형국이었다. 그렇다고 약을 놓아 죽이자니 생명을 가볍게 여기지 못하는 성격에 못 할 일이었다.

두더지가 산다는 건 흙이 살아 있다는 것이다. 두더지가 하루 먹어 치우는 지렁이가 몇백 마리라는데, 지렁이의 다량 번식은 흙의 유기질을 풍부하게 해 준다. 흙을 기름지게 하는 건 지렁이 공이고, 흙에 산소를 골고루 배분시켜 유기질 함량을 높이는 것은 두더지의 공력임을 생각하면 둘 다 흙의 산성을 막는 일등 공신들이라 이들을 죽이는 것은 잔인한 일이었다.

하우스 재배 농가가 보편화되면서 화학 비료의 잦은 살포로 흙이 산성화되었다. 특이 요소라는 화학 비료는 흙을 산성화시키는 일등 비료라고 형님은 항상 이야기한다. 형님은 연중 딱 한 번만 화학 비료를 쓰는데 그 덕분인지 화학 비료를 적게 쓴 효과가 나타났다.

흙이 비옥해지면서 지렁이가 많아지고 지렁이를 잡아먹는 두더지도 늘어났다. 그런데 항상 이 두더지가 말썽이다. 지렁이를 주식으로 하는 두더지는 결국 상위층 야행성 동물이다. 어둠 속에서 활동성 강한 두더지가 여기저기 땅을 헤쳐 놓으니 농가 원성이 자자해 퇴치 방법에 열을 올리게 한다.

날짐승 중 까치나 어치가 과일과 곡류에 피해를 준다면 두더지는 재배하는 작물을 파헤쳐서 죽이는 동물이다. 따라서 농가에선 두더지 퇴치를 위해 별별 방법이 고안된다. 흙을 뒤집고 다니는 굴 파기 도사들이 설쳐 매번 지나간 자리를 지주대로 콕콕 질렀다. 그래 봤자 한 수 위인 녀석들이다.

─누가 이기나 보자.

둑을 돌아다니며 지주대로 콕콕 찌르는 나를 보던 형님은 웃기만 했다.

─그래서 잡겠냐. 좀만 기다려.

형님에게 하우스 농장을 위임한 상황이라 마지막

고추 농사라고 제법 잘하고 싶었다. 그간 배우고 터득한 비결을 총동원해서 딴 농법으로 진행하고 싶었는데 초반부터 두더지의 횡포에 노심초사다.

약은 약대로 잔뜩 오르고 짜증은 짜증대로 올랐다. 어느 날 형님이 고양이를 데려왔다. 예전에 다른 하우스에서 키운 고양이인데 하우스를 비워 주면서 데려온 고양이다. 여기까지 온 데는 기막힌 사연이 있다.

형님이 예전에 하던 하우스를 내주면서 마지막으로 그 하우스에 갔을 때 갑자기 트럭에 올라탔다고 한다. 며칠 안 보여 다른 데로 간 줄 알았는데 집사가 떠나는 것을 눈치채고 같이 탄 것이다. 고양이가 영리하다고 하더니 그 말이 사실인 것 같았다.

며칠 보이지 않은 집사가 얼마나 원망스러웠을까. 어딘가 숨었다가 집사가 마지막으로 온 것을 눈치채고 탄 것이다. 그 고양이 이름이 '방울이'다. 오래전에 집에서 키워진 집고양이로 암컷이었다.

방울이 오고 하루 지나 들른 고추 하우스 입구에는 두더지 몇 마리가 즐비하게 놓였다. 무슨 전쟁터에서 승전 기념으로 진열한 시신들 모양처럼 밤새 두더지 게임에 몰두하고 얻은 압승의 결과물을 즐비하게 널어놓

왔다.

두더지 사체를 보니 조금 심한 느낌이었다.

"헐, 그런다고 죽여 놨냐."

나의 말에도 의기양양한 방울이다. 동물적 본능에 따라서 잡은 거지만 바라보는 나는 그게 아닌데 싶었다. 그 뒤로도 계속 방울은 형님이 작물을 재배하는 하우스 동마다 돌아다니며 두더지 소탕 작전에 열을 올렸다. 이쁘다고 식구들이 참치 통조림까지 사다가 챙겨 주기까지 했다. 하우스가 천 평이 넘는지라 꽤 넓은 면적인데 매일 두더지 소탕 작전을 벌인 것이다. 그 덕에 골칫거리던 두더지를 더는 보지 않았다. 하우스에 들르던 아버지와 어머니도 흐뭇한 표정으로 쓰다듬어 주었다.

"사람도 못 할 일을 네가 다 했구나, 기특하다. 기특해."

하우스 농가마다 고양이를 키우는 곳이 많다. 그 이유는 두더지 소탕이다. 친환경 농사를 짓는 곳에서 상위 개체로 군림하는 두더지를 손쉽게 잡아 주는 고양이가 하우스 농가로선 환영의 대상이다.

농사를 위해선 제거되어야 하는 목록에 풀만 있는

게 아니다. 해조류며 야행성 두더지도 제거의 대상에 오른다. 그렇지만 작물을 위해 제거되는 두더지도 온전한 생명의 개체인데 농사짓는 사람과 어울릴 수 없는 관계라니 안타까운 면이 있다. 두더지도 반려의 대상이 되기도 한다는데 농사에 민폐를 끼치니 보호 대상이 되지 못하는 것이다. 이러한 일례를 보면서 얽히고설킨 세상의 어두운 단면을 떠올린다.

농사를 지으면서 대면하는 무수한 풀들과 조류, 두더지 등과의 갈등은 결국 이해관계가 맞물려 생긴 것이다. 밭에선 고라니, 노루, 멧돼지의 횡포도 역시 농사짓는 사람과 어울리지 못한 동물과의 갈등이다. 오래전 처음 농사를 짓던 때부터 생긴 다툼이다. 어린 풀은 나물로 이용되고, 동물 역시 농사짓지 않으면 친숙한 벗과 같다. 하지만 이러한 이해관계의 충돌은 결국 관계의 아이러니라고 볼밖에 없다.

마지막 농사인 풋고추 농사는 초장부터 두더지와의 싸움에서 시작되었다. 결국엔 승자는 고양이 방울이다. 생태계의 돌고 도는 관계 속에서 오늘도 생명의 고리가 이어진다.

미안하다, 꽃아!

코로나19의 엄중한 방역 시기라 어디로 놀러 가기도 힘들다. 모두가 마스크를 썼고, 재택근무와 재택수업으로 일상이 이루어졌다. 거리두기가 일상화되어 기껏해야 집 근방 정도나 산책한다. 흔한 커피 한잔도 신상정보를 털려 가며 마신다. 그러다 보니 마스크를 쓴 얼굴로 조심조심 이야기하고 사방을 무슨 첩자 모양으로 두리번거리는 웃지 못할 풍경이 성행하는 전염병 시절이다.

마을회관마저 잠가 놓아 안부조차 모르고 지나기 일쑤다. 마을 사람들이 다 두문불출이니 동네 길이 한적하다. 어쩌다 농사일로 마주하는 정도인 동네, 농촌의 고립화가 점차 심각해진다.

송년 모임이나 여름 보신 모임 등은 행사 대신 선물 위주로 대체되었다. 1년에 한 번 모이는 농협 조합원 모임도 배당금이 통장을 통해 지급되고 나면 끝이다.

정겹던 동네 사람들 모습을 통 못 보다가 듣는 부음 소식들, 그마저 가족 장례로 치러 통장에 부조금을 입금하면 끝나는 시절이다. 그런 시기에도 겨울 동안 푹 빠져 있던 하우스 일이 마무리되고 나면 잠시간 휴식이다.

오랜만에 남평 읍내를 가려고 마스크부터 잘 챙긴다. 항상 마스크를 잘 소지해야 한다. 남평 읍내 입구에서 마스크 쓰지 않고 걷다간 쏟아지는 눈총을 감내해야 한다. 근래에 광주에서 방문한 사람이 코로나에 확진되어 남평 읍내도 비상이다. 지난여름엔 드들강변 맛집으로 소문난 장어 음식점이 코로나 확진자로 인해 폐쇄되어 영업하지 못한 일이 생겼다. 먹고사는 일조차 전염병 이유로 영업 정지되는 시절이니 모두가 마스크 쓰는 일, 기침 소리에 촉각을 곤두세운다.

비가 쭈르륵쭈르륵 내리고 제각각 다른 색 우산으로 거리를 물들였다. 농협 앞은 오일장으로 나무와 꽃들이 가득했다. 봄소식을 여기 와서 본다. 꽃망울 맺힌 매화며 산수유며 수선화며 이름 모를 꽃들이 즐비하게 늘어서서 새 주인을 찾는다. 엄중한 코로나 방역 시절이라지만 꽃을 보는 마음까진 빼앗지 못한다.

나무와 꽃을 둘러보고 평소 잘 가던 강변의 카페를 찾았다. 점심 무렵인데 주인이 없고 문도 잠겨 있다. 장사가 안되어 거의 문을 닫고 산다는 말은 들었지만 이리 참담한 현실을 마주하니 안쓰럽다.

전화를 걸어 여기 왔다고 신고하자, 문이 열리고 반기는 시인 형님의 얼굴엔 근심이 만근이다.

"형님, 장사가 이만저만 힘든가 보군요."

"파리 날리는 정도가 아니라 파리도 없어."

시인 형님의 영업 현실을 보노라니 서울에서 장사하는 누이들 생각이 났다. 오늘 아침에도 안부를 물어오는 말속에 가득하던 근심 덩어리를 여기에서 다시 본다. 영업시간을 제한해 버리니 손님이 가장 많이 오는 시간대에 영업하지 못해서 피해가 만만치 않다고 한다.

포장 배달도 한다지만 포장 비용이며 배달료며 감수하니 남는 게 없고 적자가 났다. 이럴 땐 차라리 영업을 중단해 버리고 싶은 마음조차 일지만, 임대료와 월급을 지출해야 하는 사정상 영업해야 한다.

그래도 중소상인 지원금은 그나마 누이나 시인 형님에겐 마중물이다. 그것마저 없다면 아닌 말로 폭동이 일어날 판이다. 그거라도 받아서 그런대로 목구멍에 거미줄은 안 친다고 하는 시인 형님의 진담 반, 농담 반의 이야기를 들었다.

두꺼운 유리 밖으로 드들강 언저리가 환하다. 예전 같으면 유채꽃으로 물들 무렵인데 갈아엎어 놓았다.

"형님 지난겨울 유채씨 뿌린 것 같더니 갈아엎었네요."

"그러게 말이네. 사람 모이면 위험하다고 아예 갈아엎었다네."

대체 사람이 위험한 건지 꽃이 위험한 건지 도시 모를 지경이다. 강물만 유유히 남평 읍내를 휩싸고 흐른다.

꽃을 좋아하는 거야 사람 마음인데 그걸 못 보게 한다고 전염병이 물러가는 건 아니다. 아니나 다를까 코로나19 확산 이후 봄꽃 보러 나가는 일을 자제해야 한다고 난리다. 그런다고 전염병이 사라질 리 없는데 봄 축제가 사라지면서 꽃도 격리당한다.

주인장 시인 형님과 도란도란 이야기를 나누고 나오다 다시금 카페 '강물 위에 쓴 시' 간판을 올려다본다. 한담을 나누기엔 이만한 곳이 있을까 싶다. 정도 많아 아메리카노를 주문하면 '커피 빵'을 서비스로 내놓는다. 이거 그냥 먹으면 안 되는데 하니 직접 만든 거니까 괜찮다고 한다. 코로나19가 얼른 풀려 영업이 정상으로 돌아가기를 바라는 마음뿐이다.

트랙터가 갈아엎은 강변엔 그래도 목숨이 질긴지 가끔 유채가 다시 올라온다.

남평 읍내를 다시 들렀는데 꽃과 나무가 많이 팔렸다. 나도 매화 한 그루를 사 들곤 자전거에 싣고 나오는데 남평 장에 나온 동네 어르신을 만났다.

"아따, 오랜만이시. 비 오니 시간이 나는가벼?"

"어르신을 여기서 보네요. 잘 계시죠?"

코로나19로 어디를 가도 제한되는 시절, 내 답답한 마음을 풀어 주는 강변에 오랜만에 들른다. 언덕엔 아기자기한 봄까치꽃이 연보랏빛으로 물들었다. 보랏빛 비단 위로 비가 내려 선명하다. 저 선명한 연보랏빛 꽃

잎엔 코로나가 없다. 갈아엎은 강변 유채꽃이나 뉴스에서 들은 잘린 꽃 소식은 이 시절의 희생양이다.

쓸쓸한 마음으로 보는 꽃잎 앞에서 자꾸만 미안함을 거둘 수 없다. 괜히 마음이 철사에 찔린 것 같다.

미안하다, 꽃아!

고추 건조기와 백전노장

우리 가족은 하우스 풋고추 농사만 지어 왔다. 그런데 어느 날 아버지가 노지의 붉은 고추가 필요하다며 봄에 노지에서 고추 농사를 짓자고 했다.

"갑자기 뭔 노지 고추 농사데요. 그게 얼마나 힘든 건디. 하우스 농사보다 더 힘들당께."

어머니에게 이야기했는데 도통 말이 안 통했다.

"김장 때마다 고춧가루가 비싸서 그러제."

그러고 보니 부모님이 한통속이었다.

"이런, 이런. 하우스 풋고추 농사로도 죽네 사네 할 판에 무슨 노지 고추를. 그럼 하우스에다 한두 줄 키우면 되잖여."

"그래도 노지 햇볕에 잘 영글어야 고추가 찰지당께."

"건조는 어떻게 시키려고."

"하우스 안에다 말리면 되제."

노지 고추를 추진한 건 실은 어머니였다. 아버지는 단지 결재만 했을 뿐이다. 이렇게 하여 노지 고추 농사도 덤으로 시작했는데 장마철 거쳐 오는 탄저병에는 속수무책이었다. 거기다 날이 좋을 땐 별 상관이 없는데 어떤 해는 수확한 고추가 연일 내리는 비 때문에 곰팡이가 끼고 병이 들었다.

대안을 생각했지만 결국 고추 건조기밖에 없었다. 갈수록 기후 재앙에 농사짓는 것도 기계에 의존하지 않으면 제대로 짓지 못하는 시절이 되었다.

"어머니, 힘들게 고추 널어도 버리는 고추가 많으니 그냥 고추 건조기 한 대 삽시다."

"나도 그러고 싶다만 비싸다면서."

"그래도 할 수 없제. 아버지께 말씀 잘 드려서 한 대장만하소, 맨날 고생만 하면서 다 병들어 버리면 되겠는가."

사실 고추를 수확해서 말리는 일은 보통 성가신 일이 아니다. 대개 어릴 적 시골에서의 추억을 하나씩 안고 있을 것이다. 그렇지만 내겐 고추 말리다 비를 맞힌 추억은 아름다울 수 없는 현실이었다.

하루는 팔순 하고 중반을 넘긴 아버지가 나주시까지 가서 고르고 고른 고추 건조기를 샀다. 아버지 성격에 이백만 원을 호가하는 건조기를 사자니 많이 망설였을 텐데 어떻게 건조기 업체를 구슬렸는지 백만 원에 사 왔다.

"아버지, 사람 구슬리는 재주는 타고나셨습니다."

"하믄 사업하던 니 애빈디 그게 어디 가냐."

고추 건조기를 취급하는 업체마다 들른 아버지는 모 업체 매장에서 매장 관리 상담자에게 건조기 이야기를 했다. 상담 관리팀장은 아버지가 큰돈 들여서는 사기 힘들게 보였는지 한 건조기를 가리켰다.

"어르신, 요 건조기를 어느 분이 사셨는데 맘에 안든다고 반품하셨거든요. 원래는 이백만 원 하는데 백오십만 주시면 설치해 드리겠습니다."

아버지는 건조기 이곳저곳을 살피다가 미세하게 흠 집이 나 있는 걸 보았다.

"기스 난 걸 백오십에 가져가라고?"

"어르신, 그깟 기스는….."

상담자 말에 아버진 "에이 딴 데 알아보지 뭐"라고 대답했단다.

"아이고, 어르신 여기까지 오셔 놓고 그냥 가면 어떻 게 하십니까."

"기스 난 걸 백오십에 내놓으니 그렇제. 기스 나면 고물 아닌가?"

"그럼 얼마에."

"백만 원 하세."

"예! 어떻게 이백만 원짜릴 백만 원까지 깎는 답니 까."

"안 되면 할 수 없지."

담당자는 골똘하게 생각하다가 어디론가 전화를 하 더니,

"그럼, 어르신 현금으로 주시면 뒷말 안 하고 설치해 드리겠습니다."

아버지의 노련한 협상은 늘 내겐 오랜 경험에 의한 지혜로 보였다. 어차피 기계란 유행 따라 비싼 것도 한순간 똥값으로 전락한 일을 경험한 나로선 아버지의 노련한 지혜가 존경스러웠다. 고추 건조기는 이런 과정을 통해 설치되어서 3년여 동안 힘들지 않게 고추 농사를 지을 수 있었다.

밥은 먹고 자야제

농촌 사람들은 도시 사람들보단 일찍 일어난다. 동
트기 전 깨어 하루 일을 준비하는데 나는 일 준비도 준
비지만 집에 사는 개와 고양이 밥도 서둘러 챙긴다. 바
둑이를 먼저 챙기고 뒤란의 까망이 밥까지 챙기면 밥
먹을 시간이 된다.

어머니는 유난히 반려에 대한 애정이 많아 오는 길
고양이도 함부로 대하지 않는다. 먹은 밥을 남겨 두었
다가 남은 생선과 함께 건네면 내가 받아서 가져다준

다. 그런데 아침저녁으로 꼬박꼬박 챙겨 주니 문제가
생겼다. 뒤란은 죄다 떠도는 길고양이들로 문전성시를
이루었다.

마당은 그나마 바둑이가 버티고 있어서 함부로 다
가오지 않는데 뒤란은 온통 고양이 판이다. 엄연히 주
인인 까망이가 있는데 이 녀석은 내치지도 않고 같이
공존한다.

동네에서도 말이 많았다. 자꾸 음식을 주고 그러니
동네가 고양이 판이라고. 동네 한 아주머니는 직접 찾
아와 내게 고양이한테 밥 주지 말라고 부탁했다. 난 일
언지하 거부했다. 어머니 성격을 아는지라 어떻게 밥을
안 줄 수 있을까 싶어 딴말로 아주머니를 구슬렸다.

"아주머니, 요즘 집에 쥐가 들어옵지요?"

"아니, 요새 쥐는커녕 쥐 새끼도 없다니까."

"그러면 고양이 다 쫓아내면 어떻게 될까요?"

"당연히 쥐 판이제. 생각만 해도 끔찍해."

"그럼 고양이는 키울까요? 말까요?"

한참 생각하다 아주머니가 말을 했다.

"아이고매, 내가 자네 말에 넘어갔구먼. 그려. 고양
이가 너무 판쳐 내가 한 소린께 너무 고깝게 듣지 마

소."

"그럴 수도 있지라."

아주머니의 말도 맞는 말이었다. 불어난 고양이들 때문에 밤마다 고양이들 싸우는 소리며 동네 텃밭 작물을 밟는 일로 여간 골칫덩어리가 아니었다. 거기다 뒤란을 독차지한 고양이들 판이 결국 사달을 내고 말았다. 언젠가부터 뒤란은 다른 길고양이들 차지가 되었다. 한겨울 어디서 얻어먹을 곳 없는 고양이들이 와선 이젠 주인 까망이와 불편한 공존을 하더니 꽤 덥던 여름 한복판 한밤에 고양이들 대전투가 일어났다. 10년 된 까망이의 영역을 빼앗으려는 일종의 쿠데타였다. 참 소름 끼치는 밤이었다. 지나치게 시끄러워서 그 밤에 나는 몇 번 나가 주의하라고 경고했지만, 그 끔찍한 소리는 멈추지 않았다.

별수 없이 바둑이를 풀었다. 에라 모르겠다 싶어 풀어 놨더니 바둑이는 내 지령을 잘 읽고 고양이 소탕 작전에 들어갔다. 까망이만 남고 다른 고양이들이 죄다 줄행랑을 놓았다. 바둑이의 진압에 비로소 얻은 밤의 평화로움은 방금 전까지의 소요가 언제 그랬냐는 듯 조용했다. 까망이도 대야에 앉아 바둑이의 진압을 지켜보았다.

달빛이 깨소금처럼 짭짤했다. 오랜만에 목줄 풀린 바둑이는 밤새 꼬리를 살랑거리며 여기저기 들쑤시고 다녔다. 이 난리에 다른 고양이들은 동네 밖으로 줄행 랑을 쳤다. 한참 동네를 돌아다니던 바둑이가 뒤란으로 오더니 까망이를 보고는 꼬리를 세게 살랑거렸다. 저도 같이 사는 식구를 알아본 것이다. 마치 '괜찮아, 쿠데타 는 진압됐어', 이러는 것 같았다. 까망이는 바둑이의 영 원한 친구인 양 인자한 표정으로 아마도 "아따, 징허게 고생혀 부렀다야." 하듯 '야옹' 화답했다.

그런데 녀석이 일 끝났으면 마당 지 집으로 복귀해 야 하는데 아직도 힘이 남아 있는 건지 싸돌아다니는 것을 좋아한 바둑이는 그러고 좀체 돌아오지 않았다. 처음엔 야단도 치고 찾으러 다니기도 하였으나 캄캄한 밤을 이유 삼아 동네나 잘 지키라고 내버려 두었다. 그 땐 시골 개를 주인 모르게 유인해 잡아가는 일이 허다 할 때라 은근히 걱정도 되었다. 그래도 나는 에라 모르 겠다 하고 저도 돌아다니다가 지치면 집에 오겠지, 하 며 들어가 잠을 잤다.

다음 날 아침밥을 가져갔더니 아직 오지 않았다. 마음이 불안해졌다. 부모님도 걱정하는데 대체 어디로 갔을까. 한참 멍하니 자리를 보고 있는데 그때야 힘이 쏙 빠진 모습으로 돌아왔다. "어디 갔다 왔어?" 물어도 귀찮다는 표정이다. 밥을 주었는데 밥은 안 먹고 자리에 들어가 잠부터 잤다.

"밥은 먹고 자야제."

내 말을 귓등으로 들었는지 쿨쿨 잤다. 어떻게 보면 짠한 녀석이 코를 골며 잔다. 간밤의 소탕 진압 후 녀석은 어디를 떠돌다 왔을까.

달빛이 너무 환한 여름밤, 깨소금 같은 시간 어디서 수캐라도 만나 놀았을까. 아무튼 달빛 아래 지내기 좋은 계절이었다.

풀씨의 집착

파묻혀 있던 일에서 벗어나 목적 없이 한참 걷다 보면 노랗게 물든 억새와 풀이 햇살에 더 도드라진다. 서리가 자주 내리고 나면 노랗던 풀도 누리끼리해져 삭는다. 하지만 다 삭아 내려앉은 듯해도 풀이 무성한 길을 지나가면 다짜고짜 덤비듯 바지에 달라붙는 도꼬마리와 도깨비바늘 풀씨가 아직도 살아 있는 풀의 힘을 보여 준다. 종족 보존의 시간을 흩뿌리는 도꼬마리와 도깨비바늘 풀. 도꼬마리는 도깨비방망이같이 생겨 자잘한 가시가 속 씨를 둘러싸고 있고, 도깨비바늘은 도깨비 형상을 한 뿔 형태의 두 가시로 옷에 달라붙는다. 도꼬마리는 그냥 순하게 떼어지는데 도깨비바늘 풀씨는 자잘하고 옷에 깊이 박혀 잘 떨어지지 않는다.

공원 벤치에 앉아 도꼬마리 씨와 도깨비바늘을 하나하나 떼는 일로 산책의 여정이 중단된다. 도꼬마리 씨에 손가락 찔리는 것도 다반사다. 도꼬마리의 무슨 불만을 품고 있는 듯한 뿔난 가시에 찔릴 때면 아프다. 도꼬마리는 스스로 떨어지는데 도깨비바늘은 한번 붙으면 자잘한 도깨비 뿔 같은 검은 씨가 다닥다닥 붙어 난감한 일이 한두 번이 아니다. 털면 저절로 떨어져야 하는데 아예 지저분한 흔적까지 남긴다.

집착은 자유라지만 해도 해도 너무해서 이젠 길 나설 때마다 풀씨가 달라붙지 않는 일복을 입고 나선다. 그럴 때면 그 풀씨들도 내가 지들을 피하려고 별짓 한다고 생각하는지 한심하다는 듯 노려보는 것 같다. 완전한 무장을 하지만 허술한 틈을 잘도 알아 아무리 잘 피해 가도 어느 순간 달라붙는 집착의 끝을 보여 준다.

그럴 수밖에 없는 것은 저들도 종족을 번식시키려는 본능이 있기 때문이다. 본능은 동물에만 있는 것이 아니다. 나무며 풀도 종족을 번식시키려 뿌리와 종자를 늘리고 동물에 붙어 멀리까지 이동한다.

가장 기본적 본능은 먹고 자는 것, 대소변 배출, 자손 또는 종족 번식 이 세 가지를 말한다. 이 세 가지의 본능 중 종족 번식은 참으로 치열하다. 모든 욕망 중 외연 확장만큼 큰 욕망이 있을까. 더욱이 혈연 사회일수록 종족 번창이 집안의 큰 문제이듯 풀을 통해서도 가장 원시적인 본능을 본다.

그런데 지금 사회에선 이런 종족 보존의 행위가 먹고사는 일에 치여 등한시된다. 본능의 3대 요건이 불협화음을 이루고, 먹고사는 일에 모든 중심이 휩쓸려, 인구 절벽으로 가는 세상을 본다.

예전엔 시골에서 아이 보기가 힘들더니 이젠 도시도 여기에 합세하는 추세다. 그렇다면 외국인의 귀화도 더 적극적으로 추진할 일이지만 단일민족이라는 허상 때문에 그것도 쉽지 않아 보인다. 그런 면에서 풀씨들의 집착은 성가셔도 미워할 일이 아니다.

도깨비바늘을 바지에 다닥다닥 붙여 와 어머니에게 지청구를 들은 날도 꽤 많았다. 끈질긴 풀씨는 지나가는 사람이나 고양이, 개, 너구리, 노루 등 동물에 달라붙는다. 자신들의 종족을 퍼트리기 위해 동물을 이용하는 것이다. 가끔 밭에서 일하다 붙으면 그 자리에서 떼기도 하는데 그럴 때 어머니는 밭에 나가서 떼라고 한다. 풀씨가 한번 밭에 떨어지면 다음 해엔 여지없이 배로 불어나 있어 풀이 얄미운 까닭이다.

어머니는 도깨비바늘 풀이나 도꼬마리를 도둑놈 풀이라고 부른다. 여차하면 허락도 없이 몰래 바지에 와락 붙어 애먹게 한다 해서 붙여진 또 하나의 이름이다. 도꼬마리는 뿔 달린 도깨비바늘 풀과는 다르게 생겨 재밌다. 어린 시절 동화책에 등장하던 도깨비방망이를 생각나게 하는 풀씨다. 누구든 상대를 안 가리고 붙어선 번식의 새 자리를 잡는 도꼬마리.

도깨비바늘 풀이 주로 밭둑에 많다면 도꼬마리는 밭에 많다. 한여름 무성한 이파리에 가려져 다닥다닥 붙어 자란다. 그렇게 자라 노랗게 익은 방망이는 다짜고짜 덤벼든다. 하나둘 떼다 보면 수두룩한 방망이들.

종족을 보존하고자 하는 본능으로 겨울에 수많은

씨앗을 품고 바람과 동물의 털에 묻혀 퍼진다. 아무리 풀을 매고 제초제를 뿌려도 그 질긴 삶을 거둘 수 없다. 오죽했으면 사람이 풀을 이긴 역사가 없다고 할까. 결국 풀과의 싸움은 농사 경작을 통해 생겨난 것이어서 풀과의 전쟁은 늘 현재진행형이다.

농사를 짓다 보면 몸에 좋다는 사실을 알면서도 밭작물을 위해 제거되어야 하는 잡초가 한둘일까. 여뀌, 비름, 우슬 등은 천혜의 한방 재료임에도 여지없이 제거된다. 그러나 돌이켜 보면 풀 한 포기도 제 나름의 몫이 있고 저마다 상처와 병에 약이 된다. 늦가을이면 밭둑이나 강변에 등산복 차림으로 와서 풀씨나 뿌리를 채취하는 모습을 본다. 울창한 마른 풀숲을 헤치고 들어가 씨앗과 뿌리를 채취하는 이들의 모습을 보노라면, 풀이라 말하는 잡초가 동물의 상처와 병을 치료하는 것을 보면, 풀도 동물도 공존하며 서로 주고받는 자연의 순환에 눈뜨게 된다.

상처를 아물게 하는 동물과 풀의 관계는 공생 관계다. 서로가 좋은 방향으로 풀어 가는 자연의 섭리를 보면 배울 게 많다. 농부에겐 귀찮고 성가신 풀이지만 나름 동물의 생명을 유지하는 데 고마운 풀이다. 그 고마

운 풀이 종족 보존을 위해 달라붙어 따라다닌다고 해서
성가실 일이 아니다.

능소화

코로나19 저주가 동네를 씹어 삼킨 것 같다. 침묵 속의 동네 길을 드리운 된볕이 붉게 보인다. 7월 무렵, 제아무리 불볕더위가 기승을 부려도 느티나무 그늘에 모여 앉아 부채질하던 동네 사람들이 더는 보이지 않는다. 느티나무 그늘 사라진 아스팔트 공간에는 더 이상지저귀는 새도 없다.

현관문을 나서는 순간 뜨거운 햇살이 작살로 쏟아지고 엉겁결에 밀려오는 열기에 눈이 부신다. 집이 동남 방향이라 집 안에서는 종일 거실 창을 타고 들어오는 햇살의 영역을 피하느라 정신없다. 거실까지 찾아와 난동 부리는 레이저 빔 같은 햇살을 피하느라 짜증도 나서 별수 없이 모자와 생수 한 병 그리고 시집 한 권을 챙겨 들었다.

이 더위에 어디 가냐는 부모님 말씀도 있지만 그래도 논 바람과 강바람만 한 게 어디 있나 싶기 때문이다.

마당을 벗어나면 바로 씨울댁 할매 집 담벼락이 나온다. 오래전에 비가 많이 오면 우리 집에서 흘러드는 물 때문에 시비를 걸어 오곤 하던 할매 집. 하도 시비 걸어 씨울댁을 데려와 우리 집 배수관을 보여 주며 우리 집에서 흘러간 물이 아님을 확인시켜 주었다. 그 후론 미안스러운지 한동안 나만 보면 피해 다녔다. 그래도 어른인지라 "할매. 일 가요?", 아는 척하면 굵게 팬 주름살이 화들짝 보조개를 피웠다.

그 할매 집 담벼락엔 여전히 능소화가 흐드러져 한여름 된볕을 아랑곳하지 않는다. 그런데 언젠가부터 능소화는 피어도 보아 줄 시선을 잃었다. 코로나19로 인해 더욱 정적이 감돌았다. 지나가다 우뚝 서서 바라보면 동네 사람도 보이지 않고 병원으로 간 주인도 오지 않고 담장 밑에는 통꽃만 모가지째 떨어졌다. 선홍빛이 한바탕 물들인 바닥은 기다림이 저리 고여 있는 듯해서 마음이 울컥거린다.

씨울댁! 키는 작지만 말 하나는 어디에도 뒤지지 않아서 회관에 오면 조잘조잘하기를 좋아해 동네 아주머니들이 붙여 준 택호다. 그래도 천상 좋은 말만 골라 해서 욕은 안 얻어먹던 그녀가 어느 날부턴가 보이지 않았다. 나중에 안 일이지만 날마다 제방 비탈에 콩 심고 김매러 다니더니 굴러떨어져 일반 병원과 요양 병원을 전전하다가 운명했다는 소식을 들었다. 밭매러 가는 모습을 보면 몸도 안 좋으면서 위험한데 다니냐고 만류해도 시골 노인의 왕고집은 어찌해 볼 도리가 없었다.

"아따, 일 없이 살라니 심심해서 한당께."

마치 출근하듯 오고 가던 씨울댁 얼굴은 항상 뭐가 그리 좋은지 싱글벙글했다. 세상 힘든 표정 없는 그녀가 사라진 길목을 지나다 마주친 능소화, 꽃을 만지면 안 된다고, 눈에 꽃가루 들어가면 큰일 난다고 하던 씨울댁!

주인 없는 집은 길고양이들 은신처다. 뜨거운 낮 뙤약볕에도 집은 그늘이 짙어 서늘하기조차 하다. 그늘이 드리워진 평상에 보기 좋게 늘어진 길고양이는 인기척에 째려보다가 그대로 하품 한번 하고는 다시 잔다. 그 곁에 무상한 능소화 넝쿨만 내 발목을 잡고 늘어질 대로 늘어져 땅에 코를 박기 직전이다. 뜨거운 열기에도 선홍빛으로 담벼락에 흐드러진 꽃. 온다 간다 말없이 떠나선 오지 않는 씨울댁을 향한 그리움으로 향이 한결 짙다.

그리움이 한여름 내내 담벼락을 물들인 능소화, 끝내 내게로 오지 못하고 한낮 볕 뜨거운 바닥에 서러운 모가지들 통째 떨어뜨린다. 바람은 뜨거움에 훅훅 우는 것 같다. 누군가의 소리 없는 울음이 된볕에 낭자하다. 끝내는 울음으로 물든 통꽃을 보자니 닫힌 마을회관 입구의 전봇대선 뻐꾸기가 줄곧 읊조린다.

된볕 작살을 온몸에 받으며 운다. 이 시간에 무슨 사연 있어 회관 앞에서 우는 것일까.

뻐꾹, 뻐꾹!

문 좀 열어 주시오, 하듯 열창한다. 아무도 없는 골목을 향해 지르는 소리를 듣자니 닫아건 회관 안에선 아직도 씨울댁 능청이 들리는 것 같다. 문을 열고 들어가면 예전처럼 통닭을 내놓고 소주 건네던 동네 사람들

이야기가 들릴 듯한 회관 앞에서 뻐꾸기 소리 듣는다.

저 홀로 우는 것은 그리움 때문일까. 떠난 사람의 얼굴이며 집에 있을 동네 사람들 얼굴이며 마냥 그리운지 참 서럽게 운다. 마음에 비치는 그리움의 흔적이 오래오래 머문다. 담 너머로 세간도 치워졌고 그녀가 살았던 집채도 헐려서 없다. 그 자리에는 조그만 텃밭이 있고, 거기에 상추가 심어졌고 고추도 얼마 자라고 있다.

한때는 하나하나 손으로 매만지며 키우던 엽채와 고추 들. 텅 비어 가는 곳마다 풀들이 채우고, 새들의 지저귐과 길고양이 울음이 쌓인다. 집 구석구석 손때 묻은 그녀의 정갈한 체취도 사라지고 이젠 그것을 바라보는 시선도 엷어지는 시간, 시간을 타고 세월은 그냥 묵언 정진할 것이다.

돌아오지 않은 사람 등 뒤로 한없이 불타오르는 그리움의 향이 맴돈다. 나도 어느 날엔 그들 따라 홀연히 사라지고 정적은 더욱 깊어지리라. 그 정적을 누르는 풀벌레 울음만이 사라진 공간을 에둘러 채우리라. 뒤돌아보지 않는 강물처럼 미련도 그리움도 다 한생 뒤로 쏜살같이 흘러가면 우리가 살다 간 시간은 레테의 강으로 도도히 흐를 것이다.

저러다 떨어지면 어쩔라고?

하우스 앞 대봉 감나무가 쌀쌀한 바람에 붉어진다. 한여름 진초록으로 울창하던 이파리도 어느새 하나둘 단풍 든다. 짙은 초록빛 띠던 날이 어제인 것 같은데, 바람과 비의 풍상을 건너온 그 푸름의 정처를 햇살이 더듬는다. 후덥지근한 열풍에 가깝더니 이젠 서늘하기조차 한 바람이 하우스 주변을 돌아다닌다.

한여름 달아오르는 집 안의 열기에 챙모자 쓰고 나와서 그 아래 앉아 챙겨 온 시집 읽던 날이 어제 같다. 에

에어컨을 팡팡 틀어도 되레 더 덥기만 해서 논 바람만 못한 까닭이다. 물을 가득 채워 놓은 논에서 불어오는 바람은 시원해서 땀을 식히는 맛도 좋다. 바람을 쐬면서 그늘에 숨은 풀벌레 소리를 들으며 읽는 시의 맛도 괜찮다.

결실을 향한 연륜의 깊이를 보여 주는 초록빛 감이 붉을 무렵이면 여름의 시간이 농익어 가을이 당도했음을 느낀다. 하우스 일을 하다가 나무 그늘에 앉아 막걸리 새참 먹던 날도 그 맛이라 생각하니 감나무와 같이 건너온 시간이 감개무량하다.

감나무 홍시를 보면 어릴 적 외가 작은 외할머니 댁 뜨락에 서 있던 수많은 감나무가 떠오른다. 어머니가 유난히 감을 좋아해서 아버지는 귀농하면서 감나무가 많은 농가를 골랐다. 전지도 안 하고 방치하듯 키운 바람에 지붕을 넘어 크던 땡감나무. 그래도 우리 가족은 뒤란에 있던 감나무를 무척 흐뭇하게 보곤 했다.

그런데 이웃에 민폐가 되어 어쩔 수 없이 베어 버렸다. 그 후 하우스를 하나 사들였는데 그 밭에 감나무가 많아 매번 따 먹는 호사를 누리기도 했다. 나중에는 그

밭의 감나무들을 거저 얻어 농장 가에 심어 놓았다.

이렇듯 감에 대한 사랑이 지극한 건 어머니 어린 시절 외가 감나무밭과 연관되어 있다. 작은 외할머니의 넓은 감나무밭은 한여름엔 초록의 울창함을 자랑하며 대봉, 단감, 둥시, 태평, 접시 등등 다양한 감이 가지가 휘어지도록 열렸다. 늦가을 무렵에 놀러 가서 이 감 저 감 하나씩 먹어 보는 내게 작은 외할머니가 하나 건네주며 "대감이다"라고 했는데 뭔 말인지도 모르고 먹었던 일이 있었다. 나중에 알기로 큰 감을 일컬어 대감이라고 했다.

접시 감은 감 중에 가장 늦게 딴다. 첫눈을 맞아야 맛이 든다 해서 가장 늦게까지 이파리 다 떨군 앙상한 가지에 매달려 있다. 가끔 까치들 밥이 되기도 하는 접시 감은 꽤 큰 감이어서 앞서 말한 대감 서열에 낀다. 성급하게 따 먹으면 떫은맛에 혀를 내두르게 된다.

홍시를 보면 부끄럼 잘 타는 동네 여자애 수줍은 얼굴이 생각난다. 술 한 잔에도 얼굴빛이 붉어지는 이종형 같기도 하다. 다 따지 않고 한 나무에 몇 개씩 남겨 두는 것은 겨울을 견뎌야 하는 새들을 위한 밥이다. 나만 먹는 게 아니라 새들에게도 정을 베푸는 것이다.

달아오른 붉은색이 파란 하늘을 밝히는 홍등 같다. 썰렁한 바람에 대봉이 대롱거린다. 세상의 번민을 다 우려 버린 하늘은 티 없이 맑다. 건들면 톡 터질 것 같은 푸른 물이 눈을 서늘하게 한다. 저 싸늘한 하늘은 이제 눈발을 휘날릴 것이다. 그래도 오늘만큼은 가을이 주는 풍요 속의 붉은 감을 본다. 달착지근한 홍시를 바라보는 까치의 눈빛도 보아 준다.

'괜찮아, 너도 먹어.'

말하면 까치도 적당한 눈빛을 보내듯 깍! 깍! 소리 친다.

푸른빛이 깊은 하늘은 내게 왜 감을 안 따냐고 노심초사하고 나는 적당하게 무르익으면 따야지 하는 게으름으로 한마디 거든다.

"저러다 떨어지면 어쩐대요."

"뭐 떨어지면 지나가는 벌레들이 먹겠지."

태평하기만 한 내 맘을 아는지 모르는지 새와 벌레들 식량으로 돌아가기도 하고 흙의 거름으로 돌아가기도 하는 홍시가 너와 내 마음을 들여다보듯 붉은 불빛으로 대롱거린다.

풍찬노숙하는 날것들의 잠꼬대 소리를 듣는다. 추운 밤에 저 날것들은 서로 꼭 기대어 곁을 만든다. 서로의 체온이 서로를 덥힌다. 영역 싸움도 하지만 잘 때는 공동체의 생존이다. 가까이 붙어 있어야 추운 밤을 지낼 수 있다.

2부

도
장
골
연
대
기

*
———

폭염 아래서

장마가 물러갈 무렵부터 시작되는 된더위로 바깥에 나가기 힘들다. 농사일은 새벽과 늦은 오후만 할 수 있어 하루의 태반은 하고 싶은 일을 하거나 잠자는 것이 전부다. 질척대는 땀에 힘들기도 하고 농땡이 노릇도 싫증 나면 밀짚모자 하나 꺼내 들고 논으로 가면서 강변도 한번 들여다본다. 더워서 자전거 타는 사람도 보이지 않는 산책로는 사람 키를 넘나드는 억새풀이 치렁치렁 바람에 푸른 손짓하며 유혹한다.

"누구 키가 더 큰지 비교해 보자."

"그래도 내가 더 큰 것 같은데?"

"뭔 소리, 이리 와 봐."

"너는 지금 크다고 자랑삼아 흔드는 거냐? 결국 다 삭아 버릴 건데."

내 말을 엿들었는지 뱁새도 지저귄다.

"뭐, 넌 날기는 하냐. 키 자랑하게."

억새 너머로 강물도 출렁대며 부른다.

"이리 와, 이리 와."

부르는 소리에 냅다 달려가면 푸른 물소리가 우습다는 듯 우렁차다. 쇠백로 몇 마리가 물가에서 더위도 잊고 서 있다. 제각각 사색을 하는지 꼼짝하지 않는다. 한참을 움직이지 않고 선 채 저마다 물음표 하나를 달고 흘러가는 물을 바라본다. 그렇게 한동안 바라보니 강물은 악사가 되고 쇠백로는 천상의 강태공이 되어 물고기를 낚는다.

흐르는 물소리를 듣고 있으려니 시원해진다. 강이 들려주는 저음의 잔잔한 배경음은 싫증 나지 않는다. 강물이 내게 들려주고 싶은 소리는 무엇일까. 귀를 대면 더 깊어지는 소리가 가슴속으로 밀려온다.

흐르는 것이 어디 물뿐이여? 늘 내 마음도 알고 보면 뭉텅뭉텅 흐르는 것을. 내 능청 한마디 놓아두곤 십팔 번 곡으로 유일하게 낭송하는 정희성 시인의 「저문 강에 삽을 씻고」를 읊기도 한다. 노동자의 귀가와 농사꾼의 귀가는 어떤 면에서는 이 강변에서 비슷한 서정이 아닐까.

저물녘 강은 또 다르게 붉다. 꼭두서니 색이 얼비친 강물은 하루를 붉게 비춘다. 고단한 하루를 씻어 낸 강물이 띄워 놓은 놀은 성성한 하늘의 마음이다.

강변을 돌아 나와 논둑을 한 바퀴 둘러보니 물이 부족하다. 물을 댄 후 물이 차오르자 어느새 소금쟁이가 냅다 달려온다. 매미 소리 그악스러운 한낮. 매미 소리에 대항하는 그늘진 풀숲에서 들려오는 풀벌레들 소리도 만만찮다. 누가 이기나 한판 붙는 소리는 저마다의 사연이다.

내게는 무슨 사연이 있을까. 이 하루 참 잘 살았다고 생각하면 무럭무럭 커 가며 여름을 이기는 나무며 풀이며 햇살도 고맙기만 하다. 따가운 햇볕을 자양분 삼아 크는 산천초목과 곡식들. 벼는 햇볕을 많이 쬐어야 알곡이 튼실하다. 그래서 늦가을 무렵까지의 햇볕은 벼에도 영양분이지만 풀과 나뭇잎에도 영양제인 셈이다. 그런데 덥다고 짜증만 쌓는 나는 그렇게 더위를 투정할 일이 아니다. 더우면 비보(裨補) 삼아 강물 옆이나 논 옆에서 풍월쯤 읊으면 되는데 뜨거운 햇살만 탓한 것은 잠시의 힘듦을 견디지 못해서다.

울창한 나무들이나 풀들이 덥다고 투정할까. 논의 벼들이 덥다고 그럴까. 유난히 더위에 투정이 심한 게 사람 아닐까 싶다.

바람과 비와 햇살, 그 어느 하나도 버릴 것 없는 천혜의 자양분이다. 만물이 좀 이상하게 보인다면 이 천연의 생태계에 문제가 생겼다는 것이다. 기상이변이 가져온 생태계의 혼란은 농사짓는 처지에서도 큰 걱정거리다. 여름이 끝날 무렵 들이닥치는 가을장마는 벼가 무르익는 철이라 불편하다. 허구한 날 쏟아붓고 가는 장맛비는 좀 그렇다.

저 햇살 한 줌은 얼마나 고마운가. 짙은 푸름으로 무럭무럭 자라나는 과수의 열매에도 중요하다. 오곡 과실이 탱탱하게 여문 데는 햇살의 노고가 큼을 안다. 덥다고 하늘에 대고 짜증을 부리지만 쨍 비치는 된더위야말로 말없이 여물어 가는 초록 생명들에겐 다디단 자양분이다.

대추 열매가 저 홀로 붉어지겠는가. 콩도 저 홀로 익지 않는다. 그것은 비바람과 햇살이 키운 결실이다.

서라, 벌!

기상이변에 벌의 생존이 열악하다고 한다. 예전엔 농가에서 하우스 농사로 들이던 양봉 벌통 한 통이 십여만 원이었는데 요즘은 이십에서 삼십만 원이라 한다. 그만큼 벌의 생존이 힘든 건 이상 기후가 만든 환경 재앙인 셈이다. 그러고 보니 집에서 처음 벌통을 들이던 무렵이 떠오른다. 그 무렵 풋고추 품종은 '녹광'으로 요즘 오이고추의 원조다. 그때 녹광을 선택했던 건 벌통을 들일 필요가 없었기 때문이다. 그런데 녹광 풋고추의 시세가 해마다 바닥권이었다.

"남들처럼 우리도 청양고추 심읍시다."

어머니는 다른 농가에서 청양고추 덕에 수입이 짭짤한 걸 보고는 많이 부러워했다. 나도 이참에 청양고추로 한번 바꿔 보는 게 어떨까 하는 속마음도 있었다. 아버지도 생각을 바꾸어 청양고추를 하우스에 들였다. 청양고추를 처음 들이고 나서 옆 농가의 도움으로 벌통도 들였다. 양봉은 처음이라 아버지와 나는 부지런히 옆 농가의 아재 벌통을 탐방하며 자질구레한 조언을 들었다.

하우스 농사에 벌을 들인 뒤 어느 날 약을 쳐야 해서 벌통을 문 앞으로 옮겨야 하는 일이 생겼다. 그 당시 아버지는 칠순 중반이라 아직 기력이 있어서 당신이 손수 옮겼다. 그런데 그날따라 내게 경험을 쌓으라고 그랬는지 한 번만 옮겨 보라 했다.

용기백배한 나는 처음으로 벌통을 들었다. 문밖까지 용케 들고 나왔는데 놓으려는 순간 뒤뚱거렸다. 벌통이 흔들린 바람에 벌통 출구에서 벌이 떼로 튀어나왔다. 놔두고 물러나던 나는 벌들로부터 집단 공격을 받았다. 나는 무조건 도망쳤지만, 벌들은 계속 날아와 내 얼굴에 집단 테러를 자행했다.

"아야, 엎드려 무릎에 머리를 묻어야지."

아버지 말이 들려왔지만 나는 이것저것 신경 쓸 틈 없이 결국 배수관으로 뛰어 들어갔다. 그리고 흐르는 물을 얼굴에 끼얹는 것으로 벌들의 공격이 끝이 났다.

그것 좀 흔들렸다고 이렇게 집단 린치를 당하다니. 얼굴이 통통 부어올라 남평 의원에서 주사를 맞고 며칠 약을 먹은 후에야 벌침 독이 빠져나갔다. 그 후로 아버 지는 내게 벌통 근방에도 가지 못하게 했다.

통통 부은 얼굴에서 비어져 나오는 고통으로 지내 다가 일주일 지나 조금씩 나아졌다.

벌집을 옮길 땐 벌을 자극하지 말아라. 네 몸에서 나 는 냄새라든가 조금 수상한 행동이라든가 비틀거림이 라든가 그것은 엄밀히 실수라 하지만 벌들은 실수를 용 서하지 않는다. 도망가는 것은 오히려 벌을 자극하는 행동이니 흥분하지 말고 자세를 쭈그려 머리를 감싸서 무릎에 묻어라. 얼굴 전체를 손바닥으로 가리고 쭈그려 앉아 있으면 수상한 경계령을 풀고 돌아간다.

그러고는 슬금슬금 조금씩 풀이나 꽃 쪽으로 벌들 을 유인해야 한다.

민감해진 적의를 뚫고 가기 위해선 야금야금 자신을 낮춰 세상을 건너야 한다. 세상을 사는 이치란 이게 아니었을까, 이런 일을 어떻게 굽신거린다고 할 수 있을까.

벌통 근방에 다시 갔던 건 아버지의 기력이 점점 쇠약해지던 칠순 후반이었다.

"조심조심 가라잉."

그 후로 난 벌통을 옮길 때마다 무슨 화약을 들고 가듯 얌전하게 다니는 습관이 생겼다.

그때를 생각하면 오늘의 환경이 얼마나 위기에 내몰렸는지 새삼 느낀다. 올봄에 나주 배꽃을 보러 지인들과 영산강변에 갔었다. 꽃들이 일제히 피고 지는데도 벌이 많이 안 보였다. 따뜻해서 나왔다가 갑자기 추워 많이 얼어 죽었다는 벌통 농가들의 한탄을 뉴스로 들었지만, 현장에서 보는 내내 마음은 염려스러웠다.

과수원마다 벌이 오지 않아 비싼 일손을 불러 꽃가루를 일일이 수정하는 농가가 있는가 하면 과수 농사를 포기해 버린 과수원도 보였다.

농장을 둘러보니 치자꽃이 활짝 폈다. 바람개비처럼 생긴 꽃 앞에 서 있으려니 꿀벌 한 쌍이 나를 보곤 그냥 횡 날아간다.

난 갑자기 반가움에 소리친다.

"서라, 벌!"

제가 키운다니까요

　막냇누이 아들 늦둥이, 외갓집 식구들과 소통시키려 바쁜 장사에도 짬을 내 시골집에 데리고 오면 집 주변이 온통 아이의 관심 대상이다. 곤충 채집을 좋아해서 곤충에 대해 일일이 꿰고 다니는 아이에게 시골은 더할 나위 없는 체험의 시간이다. 오자마자 기세 좋게 가장 먼저 잠자리채며 조그마한 삽과 빗자루 그리고 플라스틱 통을 챙겨 나선다.

　집을 나서면 대촌 천변 둑이 나온다. 그 덥던 여름에

도 꿋꿋하게 초록의 기세를 떨치던 억새가 어느새 꽃을
피워 올린다.

"이게 뭔 꽃인 줄 알아?"

"저렇게 생긴 것도 꽃이에요?"

"그럼. 한번 맞혀 봐."

"갈대예요?"

"아닌데. 뭘까?"

아이는 한참 꾸물거리고 생각해 내려 애쓴다. 그런
데 억새꽃 위로 고추잠자리가 비행 중이다.

"앗, 잠자리다!"

도시에선 볼 수 없는 시골 풍경이 아이에겐 신통방
통하다. 구절초와 늦게 핀 금계국과 억새꽃을 지나는데
이번엔 나비가 팔랑팔랑 날아간다. 잠자리채로 몇 번
휙휙 휘두르더니 잡지 않고 다른 일에 몰두한다.

볕살이 드리운 길바닥에 송충이가 여럿 지나간다.
가을이 들어서면 송충이도 서서히 식물 줄기에서 내려
와 동면 틀 준비를 위한 행군을 한다. 그런데 길바닥 송
충이를 빗자루로 쓸고 삽으로 떠서 담는다.

"뭐 하려고 그러냐. 엄마가 싫어한다."

"제가 키울 거예요."

"그래도 엄마가 싫어하는데."

아이에겐 하지 말라고 말려도 소용없다. 누구나 그렇듯 어렸을 땐 한 번쯤 자기만의 고집을 부리기도 하기에 제 하고 싶은 대로 놔둔다. 내 눈은 대촌천의 우두머리를 향한다. 정자교로 빠져나가는 대촌천 물살이 거기쯤에서 드들강과 합류한다.

"삼촌, 채집통 열어 주세요."

잠깐 딴생각을 거뒀다. 빡빡하게 잠가 놓은 채집통이다. 채집통을 열어 주니 조그만 삽자루에서 꾸물거리던 송충이가 와르르 안으로 쏟아진다. 거기다 흙도 넣고 풀줄기도 잘라 넣은 걸 보니 가져다 키울 요량인 것 같다.

에고, 녀석! 미운 다섯 살이라는 말이 생각났다. 누구나 한 번은 통과한 시절을 되돌아보게 하는 아이의 모습은 우리의 거울이다. 풀 줄기 하나 더 뽑는데 뭔가 툭 튀어나온다. 여치다. 연둣빛 몸통이 옅어지는 걸 보니 이제 그 덥던 여름이 물러나고 가을이 손짓한다.

"와, 방아깨비다!"

"아냐, 여치다."

"삼촌, 방아깨비가 맞아."

"방아깨비는 뒷다리가 커야."

길바닥에서 어린 조카와 티격태격 벌이는 이런 모습이 참 재미있다. 아이가 시골 풍경에 젖어 노는 모습이 참 좋다. 도시 속에서 자라 도시 속에서 성년이 되는 요즘 아이들이 시골의 정취를 알까. 오래전에 쌀도 나무에서 나온다는 어느 아이의 도발적인 이야기를 들으면서 우리 시대에 익숙하던 자연의 체취가 물질화된 사회에서 그 자취를 감추었음을 느꼈다.

어린 조카와 놀면서 동시를 써 보려 했는데 잘 써지지 않았다. 아직 내 눈이 아이들 눈과 맞지 않은 탓이라고 생각한다. 아이 기분에 맞추어 잘 놀아 줘야 동시가 나온다던 어느 시인 형의 이야기를 듣긴 했지만 일명 '꼰대' 노릇이나 하는 나는 동시 쓰기가 힘들다. 그래도 아이가 뛰노는 것을 보면 흐뭇하다. 자연 속에서 생명을 어르는 방법을 터득하며 생명을 사랑할 줄 알게 되기까지 아이는 얼마나 많은 통과의례를 거칠까. 아이는 키워 보겠다고 하지만 키우는 일이 녹록지 않음을 커가면서 알게 될 것이다.

'그래, 방아깨비 맞다. 그래도 엄마 싫어하는 건 안 잡았으면 하는데.' 아이의 관심사 앞에선 그냥 웃어 주

는 도리밖에 없다. 그런데 이번엔 풀 밑 흙에서 꿈지럭

거리는 지렁이에 눈이 꽂혔다.

내 눈빛을 읽었는지 대뜸 거든다.

"삼촌, 제가 키운다니까요."

새벽길

잠이 없는 아버지는 벌써 일어나 거실을 운동 삼아
왔다 갔다 한다. 구순이 된 아버지는 지난날의 물불 가
리지 않던 몸이 기저질환을 앓는 까닭에 심한 운동을
할 수 없다. 그래서 아버지는 걷기를 통해 기본 체력을
유지하고 있다.

아버지가 처음 도장골로 귀농했을 때 육십 대 중반
이었다. 그때만 해도 폐가 약간 안 좋긴 했어도 일에 대
한 집념은 대단했다. 도시에서 모든 걸 다 잃고 귀농한

이래 농사란 농사는 모두 아버지가 계획하고 진행하였다. 귀농한 그해 주인집 작은 논에다 동네 이장에게 부탁해 얻어 온 볍씨를 '직파'했다. 처음 쌀농사를 지었다. 그러나 직파로 지은 쌀농사는 피사리와 잦은 병충해로 소출이 적었다. 그래도 아버지는 직접 고생해서 얻은 쌀이라고, 뜨신 밥에다 김치 먹으니 좋다고 기뻐하셨다.

그다음 해부터 모심을 때는 동네 사람이 같이 모를 심었다. 그때부터 아버지는 차근차근 벼농사를 늘려 갔다. 나는 삼십 대에 부모님 곁으로 왔다. 부모님 밑에서 이런저런 일을 겪으며 농사일을 거들고 농작물을 수확하였다. 그 과정에서 형님 내외와 아우가 손을 보태 농사에 일조했다. 십시일반의 마음은 좋았으나 형님이나 동생에게는 힘든 일이기도 했으리라. 저마다 가정을 가진 가장들인데 부모님을 도와 농사짓는 일이 어디 쉬운가. 그러나 힘들다고 서로 갈등한 일은 없었다. 제각기 길이 있어 다들 뜻하는 대로 흘러갔다.

요즈음 아버지는 고령으로 육체의 한계를 느낀다. 그래도 아버지는 운전대를 놓지 않고, 걷기를 하며 체력을 기른다.

걷기 운동을 하던 아버지가 내 방문을 열고 들여다

본다. 어둠이 채 가시지 않았는데 뭔가 잊었던 게 생각났나 보다. 글과 한참 노느라 바쁜 아들에게 말한다.

"아야, 어제 하우스 물통에 물 틀어 놨는데 깜박해부렀다."

"물바다 되었겠네요. 어서 다녀올게요."

어제 오후 해토머리 즈음 하우스 대형 물통에 물을 받아 둔다고 수도꼭지를 틀어 놓고는 내게 말을 하지 않았던 거다. 말을 했다면 물을 끄고 왔을 텐데. 만약 물이 하우스 안으로 들어갔으면 비상사태다.

하우스 물탱크 펌프를 끄러 나선 어둑새벽 길은 아직 캄캄해서 손전등을 켜고 간다. 이 시간쯤은 다들 어제의 고단한 일을 베고 단꿈을 꿀 시간이다. 날마다 일 속에 사느라 시간이 어떻게 흘러가는지 모른다. 철이 바뀌고 꽃이 피고 지고 우거진 이파리가 텅 비고 서리가 내리고 겨울이 오고 다시 봄을 맞이하는 바쁜 농번기지만 하우스 일까지 하는 일상이어서 시계는 잠시도 멈추지 않는다.

농로를 걸어 하우스에 들어서니 물통을 넘친 물이 주르륵 흘러내려 하우스 고랑으로 흘러간다. 다행히 하우스 안으로 물이 들어가지는 않았다. 그래도 밤새 전기 계량기가 돌고 있었으니 아깝기 그지없다. 구시렁대며 스위치를 내리고 돌아서니 하우스 앞 감나무 가지에 참새들 지저귐 가득하다. 물까치도 소리 지르고 직박구리 박새 딱새도 벌써 바쁘다.

이른 시간에 제일 바쁜 건 새들 같다. 아침에 우는 새는 배가 고파서 운다더니 정말 그런 것 같다. 밤새 날개에 파묻혀 잤을 새들, 바쁘게 돌아다녀야 배고픔을 면한다는 것을 알까? 바쁘게 살아가는 동안 바깥일을 잊는다. 세상은 어떻게 흘러가는지 모른다. 저마다 사정이 빼듯한 사연도 연락하지 않으면 통 모르고 지나간다. 그런데도 이제 달아오르는 새들의 지저귐에는 서로를 챙기는 부지런한 소리가 있다.

"아야, 밥 먹으러 가자" 하는 소리 같다.

아버지는 늘 일을 하다가 끼니가 되면 '밥 먹자'는 말을 하며 아무리 바쁘고 힘들어도 집에 가서 밥을 먹었다. 반찬을 다섯 가지 이상 올리지 말아야 하는 것이 아버지의 생활 철학이었다. 하나라도 더 올려놓으면 "뭔 반찬을 그렇게 많이 올려. 오 찬 넘으면 낭비여, 낭비!" 어머니는 아버지의 이런 성격을 아는지라 당신이 직접 찬을 올리면 다섯 가지를 넘지 않는다. 그런데 내가 반찬을 올릴 때 실수로 일곱 가지를 놓으면 어김없이 아버지가 하는 말이었다. 그래선지 새들 지저귐도 그런 아침 밥상의 즐거운 소란 같다.

나 어렸을 때 밥상에서 반찬 투정을 하면 아버지는 늘 그랬다.

"너 좀 굶어야 밥 귀한지 안다. 밥 먹지 마."

먹는 즐거움은 나이가 들수록 소중하다. 예전처럼 많이 먹지 못해서 탈인 부모님을 보면 그 옛적 밥의 소중함과 가치를 일깨워 주신 생활 철학이 새삼 그립다. 또한 요즘 낭비되고 있는 음식 문화를 보면서 밥이 더욱 소중하게 느껴진다. 어느새 동이 트면서 새벽이 밝았다. 집에 오니 아버지는 방으로 들어가고 거실엔 아버지의 뒷모습만 희뿌옇다.

밤길

　겨울은 하우스 보온을 위해 설치한 수막 모터를 켜고 끄러 나가는 일이 빈번하다. 수막은 분수 호스의 물을 이용하는 것인데 하우스 양옆에 호스를 설치해서 저녁에만 물을 쓰는 형태다. 영하로 떨어지는 밤 동안 샘물 온도가 지상의 영하보다 높은 점을 이용한 온수다. 그런데 잘못 관리하면 밤중에 정전되거나 깜박하고 종일 켜 두면 주변을 물바다로 만드는 일이 많다.

　이렇게 분수 호스를 이용한 샘물 모터를 저녁엔 켜

고 아침에 나가 끈다. 이때는 풋고추를 두어 번 더 딸 수 있는 시기이다. 그 무렵이 풋고추 시세가 가장 좋은 때라서 작물을 키우는 재미를 톡톡히 볼 수 있는 기회다. 그 시간 동안 작물이 어는 비상사태를 막고자 가장 저렴한 방법으로 해마다 겨울이 오면 보온 분무질을 한다. 그런데 간간이 콘센트에 물이 맺히거나 과열되어 정전되는 일이 생겨 한밤중에 점검하러 나가기도 한다. 모터가 잘 도는지 확인 차원에서 손전등에 의지해 걸어가는 밤길은 그런대로 또 하나의 산책이다.

하우스에 이르러 듣는 모터 소리는 작물의 생명을 지키는 신호음으로 마치 심장 박동 같다. 반면 한파의 으름장을 온수로 적정하게 지켜내는 모터지만 늘 편할 순 없다. 매일같이 점검해야 비로소 마음이 놓이는 것을, 그 습관이 겨울밤 산책으로 이어진다.

밤길의 강변은 낮과 다르다. 낮은 풍경을 보는 거라면 밤은 풍경 대신 속을 듣는다. 낮은 눈으로 보지만 밤은 귀로 강의 숨소리를 듣는다.

길가에 어룽대는 마른 억새들과 드들강 언저리 청둥오리들의 간간한 울음이 흘러든다. 꽁꽁 얼어 조용한 것 같지만 바람에 어른대는 마른 억새들의 수선거림과 청둥오리들의 울음이 추운 밤중에도 선명하게 들린다. 어둠 속에서 듣는 드들강물 소리도 가깝다.

"어서 들어가거라."

"지금 몇 시인데 밤길 나와."

걱정하는 아버지 음성 같다.

어두울수록 더 선명하게 들리는 드들강물 소리. 난청인 노인도 깊은 밤엔 건넛방에서 두런거리는 말소리까지 듣는다는 말이 있다. 그 선명한 소리가 밤이면 더 가까워 잠자리까지 따라오는 것 같다.

밤중에 보는 겨울 강은 또 하나의 다른 세계다. 산책로를 지나가는 야생동물의 눈빛이 도깨비불같이 획획 지나간다. 분명 너구리나 족제비다. 제방 길에도 지나가는 밝은 눈빛이 나를 보곤 갑자기 멈춘다. 나를 바라보며 끔벅끔벅하다가 언덕 비탈로 사라진다. 언덕의 마른 억새들 속에서 여러 눈빛이 보인다. 낮에는 어디서 잠만 자다가 밤이면 강변을 돌아다니며 활동한다.

어렸을 때 도깨비불과 얽힌 놀란 일이 많다. 대부분은 무덤 주변의 썩은 사체에서 퍼지는 인의 발광이라고 한다. 한번은 마을 신작로를 지나가는 밝은 눈빛이 도깨비불 같아 놀랐던 기억이 있다. 그런데 커 가면서 그게 야생동물이나 인의 발광이란 걸 알게 되었다. 별것에 가슴 졸였네 싶어 헛웃음 짓던 그 도깨비불이 강변을 지나고 제방길을 지나다닌다.

풍찬노숙하는 날것들의 잠꼬대 소리를 듣는다. 추운 밤에 저 날것들은 서로 꼭 기대어 곁을 만든다. 서로의 체온이 서로를 덥힌다. 영역 싸움도 하지만 잘 때는 공동체의 생존이다. 가까이 붙어 있어야 추운 밤을 지낼 수 있다. 그러고 보면 언제부턴가 사람 사는 곳에 저런 단란한 모습이 사라진 것 같다.

생명이 도란도란 나누는 사랑을 듣는 즐거운 밤길이다. 손전등으로 여기저기 비춰 보자 갑자기 억새 속에 숨어 있던 길고양이가 툭 튀어나와 줄행랑을 놓는다. 시골에서 가장 흔한 모습들이다. 삶이 사라진 자리를 길고양이가 대신한다. 길을 걷다가 멧비둘기 날개깃을 보면 그게 길고양이 소행임을 눈치챈다.

생태계는 밤이면 또 다른 모습으로 순환한다. 도손도손 잠꼬대를 나누는 청둥오리들 소리가 정겨운 겨울밤이다. 겨울밤 산책 중 그 소리에 나는 행복해진다. 깊은 밤을 수놓는 청둥오리들 소리가 오래전 두레상에 둘러앉아 밥 먹던 식구들 곁 같아 따뜻하다.

손맛

흙이 빗방울에 풀린다. 통통통 두드리는 빗방울은 노크 소리 같다.

"나 왔어, 어서 문 열어" 하듯 소리치는 두드림에 닫아걸어 둔 문을 활짝 열어젖힌 흙은 지난 시간을 제쳐 두고 언 몸을 녹인다. 흙에 파묻혀 지낸 풀씨도 젖어 드는 물기에 몸이 불어난다.

"인자, 일어날 때여. 빨리 일어나."

봄비는 늦잠꾸러기 씨앗을 깨우는 어머니 손 같다.

흔들 때마다 몸이 뒤척인다.

"조금만 잘게"해 보지만 다그치는 소리가 몸을 깨운다.

"아이고 지금이 몇 신디. 어서 일어나!"

다그치는 어머니의 손에 다정함이 묻어난다. 봄비가 요란한 소리를 지르는 한낮이다. 봄 내가 솔솔 집 안으로 흘러든다. 비가 와 오랜만에 집에서 쉬었다. 어머니가 아침에 파김치를 담근다. 하우스에 심어 둔 쪽파들인데 입맛이 영 없다 싶을 때 어머닌 쪽파를 두어 다발 뽑아 다듬어서 파김치를 담갔다. 파김치 맛을 좌우하는 건 역시 고춧가루와 새우젓이다.

"아야, 한번 맛 좀 봐라."

어머니 호출에 바쁘게 가서 양념을 버무린 파김치 한 가닥을 먹어 본다.

"징하게 맛있소야. 엄니."

걸쭉한 농담조의 아들 말에 어머닌 기분이 좋은지 환하다.

"접시에 쪼금 담아다 아버지한테 드리고."

접시에 두어 가닥 담아 물과 함께 아버지에게 가져갔다.

"쪽파가 맵긴 허다. 아까 막걸리 사다 놨응께 같이
먹어라."

뭐니 뭐니 해도 쪽파 곁에는 막걸리가 쳐고다.

"저러다 막걸리 귀신 돼 불겠네."

"날마다 고되게 일하는 아들인데 좀 마셨기로서니."

"엔간하게 마셔야지. 몸도 안 좋은 것이."

매운 내가 속을 후벼 판다. 우리 집 반찬은 보편적으
로 매콤하다. 그렇게 된 데는 청양고추 농사가 한몫한
셈이다. 유난히 나나 동생은 매콤한 청양고추를 좋아했
다. 그 맛에 들려선지 어머닌 김치를 좀 맵게 담갔다. 어
머니의 맛에 길들여진 탓인지 지금껏 어떤 음식을 먹어
도 그리 쉽게 감탄하지 못한다.

자식은 자연스레 어머니 손맛에 길든다. 그 손에서
자식의 미래가 길러진다. 어머니는 자식이 일어서는 것
에 만족하지만 일어서기까지 얼마나 노고가 많았을까.

야생동물은 보통 출산하고 나서 한 달 지나면 완전
한 독립적인 개체로 성장한다. 그러나 사람은 때에 따
라 10년에서 20년을 품어 키운다. 그 키우는 손맛이 어
떻게 좌우하는가에 자식은 영향을 받는다. 그것은 평생
지워지지 않는다. 늙고 난 후에 가장 그리운 게 어머니

의 손맛이다.

봄비 내리는 아침. 아직도 식지 않은 어머니 손맛은 살아 있다. 매콤한 파김치에 시원한 막걸리는 봄날의 경전이다. 하우스 일로 분주하다가 부처님 손바닥보다 더 넓은 어머니의 손바닥에서 나는 오래간만에 맛의 진미를 즐긴다.

톡 쏘는 강렬한 봄비가 땅을 어른다. 이제 사방팔방 봄꽃이 만화방창이겠다.

도장골 연대기

　신장 도장마을로 귀농할 무렵이 1990년대 중순이
다. 드들강 맞은편에 전형적인 농가들이 구릉을 타고
옹기종기 모여 있는, 70~80년대 새마을운동 시절의 농
촌이었다. 처음 왔을 때는 광주 남구 대촌에 속해 있으
면서도 버스는 하루에 다섯 대밖에 오지 않던 곳.

　도장마을은 도장골로 부른다. 골은 산골을 지칭할
때 사용되는 의미로 원래 이 도장골이 산골짜기 동네였
다. 지금도 동네 주변이 낮은 산으로 이뤄졌다. 대개는

문중 산으로 사유림이지만 산길 따라 걷다 보면 어느새 산포 강정마을이 나타난다. 강정 앞을 흐르는 드들강의 노을을 보고 돌아오곤 했다.

부모님과 이젠 볼 수 없는 어린 조카를 데리고 이 동네로 들어와 30여 년을 살았다. 재래식 화장실이 집마다 있었고 집 앞으로는 복개되지 않은 배수로가 흘렀다. 동네 어귀엔 조그마한 실개천이 대촌천으로 흘렀다. 정착해서 적응하는 동안 꽤 고생했다. 처음으로 깔따구에 물리기도 하고, 역한 냄새에 구토 증세도 나타났다. 몸의 거부 현상은 도시에서 자라는 동안 그에 맞게 변해 버린 체질 탓이었다.

한참 황소개구리를 들여와 사육하던 시절이라 전국의 물가를 점령한 황소개구리 때문에 토종 개구리가 살아남기 힘든 시절이었다. 듣기로는 황소개구리 뒷다리살이 영양가가 많다고 들여왔다는데 그나마 토종 두꺼비의 저항으로 한참 접전이던 그때, 생태계를 교란한다는 황소개구리가 떼창을 지르던 여름밤이 있었다.

귀가 찢어질 만큼 소리를 지르는 매미의 불타는 항전도 있었고, 그 덥던 여름이 말복을 지나면서 그늘마다 날개를 가다듬어 연주하는 풀벌레 소리가 밤 깊도록 애간장을 태우던 밤이 있었다.

전형적인 농촌에서 처음 듣는 소리와 풍경은 도시에서 전혀 경험하지 못한 것이었다.

새벽마다 잠을 깨우는 물까치나 직박구리, 박새, 참새의 소란함이며, 제비 일가와 보내던 여름이 있었고, 폭설과 살 에는 산등성이에 몸살 앓던 겨울이 있었다.

그때 살았던 집은 한옥이었다. 그 집으로 자리를 잡고 귀농을 한 건 그 집 널찍한 마당 주변에 감나무가 많은 걸 보며 아버지가 살자고 결정했기 때문이다. 오래전 누에치기를 했던 집이라 창고에는 잠사에 관련된 물레며 대나무를 쪼개 만든 누에 판이 차곡차곡 쟁여져 있었다. 촘촘하게 대나무 살을 잇댄 그 판은 어머니가 나물 등을 말릴 때 즐겨 썼다.

집은 할머니가 물려주신 흑염소 네 마리를 백여 마리 가까이 불려서 키울 만큼 넓었다. 나는 주로 염소 관리를 했다. 풀을 베고 실어 나르고 다시 베고 하는 일을 반복했다. 염소는 집에서 키울 가축이 아닌 것을 나는 훗날에야 알았다.

지금은 불법이지만 개를 수십 마리씩 사육하는 것도 농가 소득의 수단이었다. 살고자 하는 의욕이 강한 탓에 부모님과 함께 물불을 가리지 않고 일하던 날이 있었다. 그런데 염소를 키우고 개를 키우면서 이런 소란한 귀농이 때때로 동네에 민폐를 끼치곤 했다. 고단한 동네 이웃들의 잠을 개들이 방해하는가 하면, 애써 지은 농작물에 염소가 쳐들어가 망쳐 놓기도 했다. 어쩌면 적응해 가는 과정에서 일어날 수 있는 갈등을 마을 사람들의 따뜻한 배려로 통과해 왔다.

그 집 주인 동생이 아버지와 서너 살 차이로 동네에서 유일한 아버지의 말벗이었다. 아버지와 말이 통하는 어르신은 마실 갈 때마다 육이오 참전으로 받은 무공훈장을 가슴주머니에 달고 버스에 승차하였다. 구순이 될 무렵까지 어디 나갈 때마다 늘 가슴에 달고 다니던 무공훈장, 그것은 무임승차할 수 있는 유일한 증명서여서 버스 승차비를 대신하곤 했는데 버스 기사가 혀를 내두를 정도였다.

어쩌다 한 번씩 타면야 인정상 봐주지만 매일 광주공원 간다고 출퇴근할 정도니 기껏 서너 명 태우고 가는 버스 기사도 성질날 대로 났는지 시내버스에 오르는 어르신을 타박하기 일쑤였다.

"어르신 또 공짜로 타려고 그래요?"

훈장으로 승차 요금이나 점심 한 끼가 공짜임을 알던 어르신, 그래도 아버지와 말벗인 덕에 나를 바라보며 애원의 눈빛을 보냈다.

"아따, 기사님. 한 번만 봐주시오."

"그래도, 그렇제라. 날마다 저러니까 그라제."

별수 없이 내 카드로 요금을 치르고서야 승차하던 어르신. 그 이후 어르신은 어쩔 수 없이 광주까지 자전거로 다니곤 했다.

어느 해 광주공원 근방에서 뵌 일이 있었다.

"어르신, 식사하셨어요?"

"잘 먹었네, 집에 가는가?"

"모임에 참여하고 돌아가는 중입니다."

어르신은 당신의 호주머니를 뒤지더니 빵 하나와 사이다 캔 하나를 건네주었다.

"아이고, 어르신 잡수세요. 저도 많이 먹고 가는데요."

"아니네, 내 마음인께 받아."

빵과 음료를 내 손에 쥐여 주곤 자전거 타고 간다고 저벅저벅 가던 어르신의 뒷모습은 아직도 기억이 난다. 그런데 구십 넘을 무렵 그분이 운명하고 나니 말벗을 잃은 아버지는 늘 외로웠다.

마을을 지키던 어른들 한 분 두 분 세상을 떠난다. 인구 절벽과 맞물린 고령화의 그늘은 이제 농촌만 아니라 도시에도 생겨난다.

누구에게나 고향은 있지만 가도 맞이할 사람 없는 고향은 고향일 수 없다. 열다섯 중학교 시절로 끝난 고향엔 아는 이가 외가의 이종형 한 사람밖에 없다. 그런 고향이기에 도장골은 나의 제2의 고향인 셈이다. 돌아갈 터전이 있고 반겨 줄 사람 있는 동네, 그곳이 고향이다.

비록 날마다 바라보고 살던 어르신이 하나둘 보이지 않아도 도장골 연대기는 지속될 것이다. 두 번째 고향으로 여기고 살아온 도장골 시간은 현재진행형이다.

도장골 산책

광주 변두리 도장마을은 예나 지금이나 오지로 '도
장마을'보다는 '도장골'로 불린다. '도장'이란 지명이
독특했다. 쉽게 생각하면 나무 도장 같은 인감이라 생
각했는데 '도장'의 의미는 달랐다. 이 '도장'이라는 지
명을 쓰는 곳이 전국에 여러 곳 있는데 오래전 출간된
김신용 시인의 『도장골 시편』에도 등장한다.

나도 도장골 사는데 거기도 도장골이 있군요, 라며
어느 문학 모임에서 만나 이야기하며 시인께서는 깜짝

놀라워했다. 시인의 시집을 읽으면서 내가 사는 곳을
두루 돌아보기도 했다.

도장골은 남평 평산리와 산포 내촌에 야트막한 산
이 서로 사이좋게 둘러져 있고 구릉이 형성된 비탈진
동네다. 산에는 주로 상수리, 굴참나무 등속 활엽수와
대나무가 많다.

북서쪽 산 너머엔 산포 정자교가 있고 남동쪽에선
남평 평산리 들녘이 한눈에 들어온다. 날이 좋을 땐 무
등산 중봉을 맨눈으로 볼 수 있는 구릉 마을이다.

구릉을 형성한 동네는 위아래 집이 옹기종기 촌락
을 이뤘다. 길을 따라가면 대촌천 다리에 이르고 거기
서부터 남평의 평산리다. 대촌천은 광주 남구 효천지구
에서 대촌의 자잘한 도랑물이 모여 흘러와 산포 내촌의
강정마을 입구에서 드들강과 합류한다. 70년대 새마을
운동 모범 마을로 선정되기도 했던 이곳은 새마을운동
으로 옛 전통을 많이 잃었다.

주민들의 생업은 대부분 하우스 농사와 논농사가
많고, 소유 농지가 대개 남평 평산리 들녘이다.

도장골은 대촌지구 신장동 변두리다. 신장동이 소
속된 대촌지구는 동쪽으로 건지산, 정광산, 송학산 등

비교적 높은 산들이 주변에 솟아 있어 낮은 구릉지대를 형성하고 서쪽과 남쪽으로 극락강과 지석천(드들강)이 흐른다. 이중 지석천이 화순 도곡에서 남평 일대를 흐르는 지점을 드들강이라 한다. 화순을 비롯한 남평 일원에 산재한 고인돌에서 비롯된 이름이다.

도장골은 조선시대에 쌀을 잠시 보관했던 현으로 지금도 마을 주변에서 심심찮게 당시 쓰인 항아리 파편이 발견된다. 또 하나는 누에치기를 하는 집이 많아 주변에 뽕나무가 많았다. 지금은 사라졌지만 귀농할 때 밭 전체가 뽕나무인 곳도 있었을 정도니 누에치기하는 농가가 얼마나 많았는지 짐작할 수 있다.

귀농할 무렵은 대촌천 제방이 놓이기 전이라 산 고개를 넘어 마을로 가는 길이 워낙 좁장해서 큰 차는 다니지 못했다. 남평 쪽에서 드들강 제방을 통해 이동해야 했다.

참여정부 시절 여름에 일어난 홍수로 남평 읍내가 침수되고 구릉을 형성한 도장마을도 언덕 아래 촌락이 침수되는 일이 있었다. 이때부터 나주시가 대대적인 제방 확충 및 보완 공사를 하면서 대촌천도 그 영향에 들어 제방을 구축하고 다리도 새로 바꿨다. 이 과정에서 동네 입구에 있던 오래된 느티나무 한 그루를 새로 만든 다리 입구로 옮겼는데 고사하고 말았다. 노거수 아래 흐르는 도랑에서 천렵하던 날이 선연한데 참으로 아쉬운 일이었다.

나 살던 한옥 집 앞엔 동네 공동 샘이 있어 수도가 들어오기 전까지 샘물을 사용했다. 동네 앞 아래로는 실개천이 흐르는데 산에서 흘러내려 대촌천으로 흘러들었다. 이 실개천에서 한여름 동네 사람들이 천렵을 즐기기도 했다.

하천 정비 사업을 하면서 도장골의 대촌천 주변으로 자전거 길을 만들었다. 자전거 길을 돌면 나주시 산포면 내촌리 강정마을이 나온다. 그 앞 대촌천이 드들강과 합류하는 우두머리에 대보(大洑)가 설치되어 있었다. 보를 건너면 작은 산과 마주하는데 거기 팔각정이 있고 그 앞에 보가 놓여 있었다. 보를 통해 버스나 사람이 통행해서 정자교라고 불렀다. 산포에 있는 비상활주로에서 산포 내촌리로 이어지는 산 밑을 지나 버스가 보를 통해 다니니 늘 위험했다.

정자교가 있는 우두머리는 남평 솔밭과 더불어 피서지로 입소문이 나서 여름이면 많은 사람들이 찾았다.

반면 물이 불어 홍수가 나면 통행하기 어려웠고 익사 사고도 잦았다. 당시 대보로 물난리가 나면 도장마을과 오산마을, 남평 평산리, 광이리와 남평 읍내까지도 침수되었다. 2010년에 교량이 신설되고 보가 1킬로미터 정도 떨어진 하류로 이동하면서 더는 홍수를 겪지 않았다.

나는 청년 시절에 들어와 생사고락을 같이했던 도장골에 살지만, 변두리라선지 남평 사람으로 알려졌다. 주소는 엄연한 광주인데 남평의 드들강 물만 마시고 산 셈이다.

폭설

새천년이 시작된 어느 겨울 한바탕 눈이 쏟아졌다. 기상 예보 뉴스는 순식간에 비상을 알리며 주의를 요구했다. 동네 방송이 나왔다.

"주민 여러분, 폭설에 눈이 쌓여 하우스가 무너질 수 있으니 다 나오셔서 눈을 치우길 바랍니다."

"하우스가 어디 개집 같은 줄 아는가, 눈 쓸게."

어느 양반 항명에도 사람들은 긴 싸리 빗자루 하나씩 들고 퍼붓는 눈 속을 걸었다.

"왐마, 이건 눈이 아니라 폭탄이여, 폭탄!"

누구 말대로 눈 폭탄이었다. 하늘은 마구마구 눈 뭉치를 지상을 향해 내던졌다. 강변은 새하얗게 덮여 어디가 어딘지 모른다. 쏟아지는 눈발은 얼음장 위로, 뭉개진 억새 위로도 계속 내린다.

"이러다 하우스가 무너지겠다."

근심이 가득한 얼굴로 하우스를 염려하는 부모님 얼굴이 떠올랐다. 강변이라 겨울에 눈이 내리면 참 오지게도 온다. 하늘이 내던지는 흰 폭탄에 손 한번 쓸 새 없다. 그래도 긴 싸리 빗자루로 하우스 비닐을 쓸어내렸다. 기껏 뻗쳐 봐야 2~3미터 쓸어 낸다. 눈이 빨리 미끄러져 내리게 하려면 이 방법밖에 없었다. 그러나 쏟아지는 폭설의 눈을 쓸어내리기엔 무리였다. 다들 지친 표정이었다.

"아야, 그만해라. 하우스가 어디 한두 동이냐."

아버지 전화에 그만두고 돌아서 눈길을 걸었다.

"아따, 이러다 얼어 죽겠네."

자포자기한 동네 어른 목소리가 귓등을 얼렸다. 폭설에 갇힌 시간이 부지불식간 지나갔다.

무릎까지 빠지는 눈길을 간신히 걸으며 눈 속에 갇힌 건 그래도 은둔이라고 넉살 좋은 말을 하지만 천근만근 내려앉는 심사로 처참하게 무너진 하우스를 바라보는 일은 여간 힘든 게 아니다. 무너진 하우스를 보고 오니 몸이 지쳐 얼어 버린 것 같다. 다 포기하고서 막막하게 마당에 쌓인 눈을 보았다.

"젠장, 마당에 쌓인 눈이나 치워야지."

플라스틱 삽으로 눈을 떠서 마당가로 획획 던졌다. 뭉텅뭉텅 떨어지는 눈덩이, 개집에서 웅크리고 잠자던 바둑이가 나와 좋다고 덩실덩실 뛴다. 꼬리를 흔들며 좋다고 애교를 부리지만 차갑게 굳은 내 눈빛을 읽지 못했다.

"바둑이, 뭐가 좋아 뛰고 지랄이야!"

내 부아에 녀석은 뻘쭘한 표정으로 다시 집으로 들어가선 눈치를 본다. 집사의 속내를 알 턱 없는 녀석에게 괜한 역정을 내는 나도 참 한심한 존재인가 싶다. 저 녀석이 뭔 죄를 지었다고 버럭댔을까. 그저 눈덩이 던지는 모습이 제 딴은 재미있어 그런 건데.

집 안팎으로 출입만 할 수 있게 눈을 치웠다. 눈을 치우다 보니 동네 길까지 나오게 되었다. 동네 사람들도 나와서 무릎까지 빠지는 눈을 치우는 일에 몰두했다. 폭설에 뭔가 대책이 서야 하는데 꽉 막힌 듯 점진적으로 나가지 못한 짓뭉개진 마음이 무겁다. 계절마다 늘 폭탄을 맞다 보니 이젠 정신이 아찔해진 것 같다. 강을 낀 들녘이라 여름엔 물 폭탄에 겨울엔 눈 폭탄에 한시도 쉴 틈을 주지 않는다. 거기에 쩔쩔매다 보니 이제 지쳐 버린다.

다행히 짓고 있는 하우스들은 별다른 피해가 없는데 일부 동네 사람들의 무너진 대형 하우스 속 애호박들이 시커멓게 얼어 죽은 것을 보고 있자니 마음이 심란하다.

파이프로 지은 하우스는 그래도 멀쩡한데 나무로 지어진 오래된 하우스들은 폭설에 다 무너졌다. 70~80년대 지은 하우스는 나무로 만든 경우가 많았다. 나무 골조가 오래되니 폭설을 이기지 못해 무너진 것이다. 반면에 정해진 규격에 의해 쇠파이프로 지어진 하우스는 별 피해가 없었다.

대폭설에 상심한 시간을 보냈다. 그나마 다행스러운 건 국가에서 정한 규격의 파이프로 교체할 경우 그 비용을 지원해 준다는 것이었다. 그렇게 마을 하우스들이 서서히 복구되어 갔다.

　그러나 그 안에 키우던 풋고추, 파프리카, 피망, 애호박 들의 절멸은 무한한 상실이었다. 무너진 하우스를 해체하고 복구하려 지원한 공무원들과 여러 단체, 그리고 군부대에서 나온 군인들의 손길은 그나마 그해 겨울을 버티게 하는 힘이었다.

　"아저씨, 추운데 뜨거운 커피 한잔하시오."

　옆 하우스 아주머니는 종이컵에 커피를 따라 주었다. 그 아주머니도 하우스가 무너져 한창 복구 중이었다.

　"그래도 살 사람은 살아라. 옛날엔 이보다 더한 일도 있었다고 합디다."

　모락모락 피어오르는 커피 향이 향긋하다.

　"하기야 나만 힘든 건 아니제. 다들 힘냅시다."

　일을 마치고 동네로 접어드니 방송이 나온다.

　동네 사람들에게 저녁에 떡국 쑤었으니 같이 먹자는 방송이다.

　"어머니, 아버지랑 다녀오씨요."

　"추운데 어디 나가겠냐. 너나 다녀와라."

　동네 회관은 어느새 동네 사람들이 모여 훈훈한 열

기를 가득 품고 있었다. 벌써 소주 한잔한 옆집 할매 소리가 카랑카랑하다.

"어서, 이리 와서 한잔 받아!"

도장골 회관의 밤이 하얗게 깊어 간다.

눈이 풍성하면 대풍이여

밤새 눈이 내렸다. 그리고 아침에도 눈이 내렸는데 다행스러운 건 많이 쌓이지 않았다. 간밤 새벽 두 시가 다 되어 잠을 잤다. 어떤 생각들이 끈질기게 머릿속에 들어앉아 버틴 그런 것도 아니다. 여기저기 인터넷상의 카페를 돌아다니느라 밤잠을 설쳤다.

겨울은 역시 긴 밤 동안 이런 노닥거리는 여유가 있어 좋은 것 같다. 내가 잘 가는 온라인 카페는 문학 카페들이다. 물론 이용자들과 사적으로 함께 이야기하는 카페도 찾지만, 문학 카페는 시 문학에 관한 관심을 나눌 수 있기에 마음의 휴식처가 된다. 그리고 농업과 관련된 카페도 주요 방문처다. 농사짓다 보면 저마다 갖는 애로사항을 서로 이야기하고 해결 방법을 모색하기도 한다.

인터넷이 주는 장점을 난 최대한 활용한다. 게임이나 오락엔 흥미가 없고 기호에 맞춰 검색하고 온라인상 어울리는 것을 좋아한다. 문학과 농업 관련 사이트에서 만난 사람들을 훗날 오프라인에서 만나는 일도 있어 그러한 인연을 더욱 소중하게 여긴다.

요즘은 다음(DAUM)에서 새로 선보인 항공사진에 기반한 '스카이+로드'라는 지도를 즐겨 본다. '스카이+로드' 지도는 훗날 '카카오지도'로 바뀌었다. 난 이 스카이+로드에 푹 빠져 지내곤 했다. 한겨울 어디 가지도 못하고 집구석에 처박힌 시간이 늘어나면서 마음으로나마 전국의 유명한 곳을 찾아 떠났다.

이 지도 앱은 처음엔 이따금 오류가 발견되긴 했지만 다수 이용자들의 응원을 받아 공신력 있는 앱으로 발돋움했다. 이제 이 지도 앱 하나만 스마트폰에 담아 놓으면 버스 노선이며 길 찾기며 내비게이션이며 택시 호출까지 하니 이만한 지도 앱이 없을 듯하다.

덕분에 시간 가는 줄 몰랐던 것 같다. 길 따라가는 동안엔 무언가에 홀린다는 느낌이 딱 맞다. 여행을 좋아하는 내 성격 탓인지 몸으로 가진 못해도 마음으로 여기저기 돌아다닌다는 생각만으로도 무척 좋았다.

밤이라는 무한한 시간 동안 즐길 수 있는 게 게임인데 아무리 열과 성의를 다해 게임을 접해 보려 해도 이젠 도무지 흥미가 생기지 않는다. 이런 나를 두고 식구들도 신기하다는 표정이다. 특히 조카들 표정은 압권이다.

"삼촌, 다들 재밌어하는데 왜 삼촌만 게임을 싫어해?"

이젠 아이들 엄마가 된 큰조카의 말에 별다른 할 말이 없었지만,

"그건 너무 빠지면 안 좋아. 적당하게 해야지. 적당히."

"삼촌 근데 그게 내 맘대로 되느냐고."

나라고 어찌 처음부터 게임을 멀리하였겠는가. 그만한 이유가 있기에 게임을 멀리했다. 우리 386세대는 대부분이 컴퓨터가 등장하기 전인 학창 시절에 이미 오락실에서 갤러그나 테트리스로 중무장한 세대가 아닌

가. 지금도 오락실에서 갤러그로 시간을 보내던 시절이 생생하다. 오락실에 가면 그때 돈으로 게임기에 오십 원을 넣으면 되었다. 나는 주로 갤러그를 즐겼다. 비행기 추격 게임인데 수많은 적기를 물리치는 경기가 그땐 굉장히 재미있었다. 한 단계 한 단계 올라갈 때마다 희열을 느끼곤 했는데 그날의 용돈 오백 원을 다 탕진하고서야 돌아서곤 했다.

그러다가 컴퓨터가 보급되던 초창기에 컴퓨터 게임을 접하게 되었다. 그리고 오락실에서 하던 게임을 집에서 하게 되자 날밤을 새우는 건 보통이었다. 그땐 지금처럼 전기세가 비싸지 않아서 야단까지 맞진 않았지만, 생활이 문란해진다는 부모님 말씀을 듣고서야 게임을 멀리하게 되었다. 환상이라는 건 결국 내가 살아가고 있는 생활의 틀을 훼손하는 것이다. 게임은 일종의 착란적 세계관이라는 생각으로 직장에 들어가서도 게임을 즐기지 않았다. 가끔 테트리스를 즐겼고 바둑을 즐겼지만, 그것이 내 생활의 질서를 파괴하는 상황으로 가지 않게끔 노력하였다. 게임 경험이 그렇다.

조카도 그런 말을 내게 했지만, 게임을 좋아하는 이들에겐 난 문외한이었다. 이러한 내 속사정을 듣고서야 이해한다는 말을 종종 들었다. 사람마다 이유가 있고 생각이 있을 터이다. 하지만 분명한 건 어떠한 행위를 하면서 생활을 파괴하는 행동까지 보여서는 안 된다는 것이다. 살아가면서 이러한 모습들을 나는 많이 보아 왔다. 게임 중독, 알코올 중독, 도박 중독, 성 중독….

그 삶의 유형들을 보아 오면서 그것을 내 거울로 삼았다. 생활의 파괴란 별것이 아니다. 중독은 제 몸을 망가뜨리기도 하지만, 더 나가서는 주변과 사람과의 관계를 망치고 만다.

중용은 지나치거나 모자라지도 아니하고 한쪽으로 치우치지도 아니한, 떳떳하며 변함이 없는 상태나 정도를 일컫는다. 그러기에 마음을 바로잡는 일은 천하를 얻음으로 비유한다. 천하를 얻는 일이란 마음의 씀씀이에서 좌지우지되는 일이다. 적도 내 측근으로 만들 수 있는 사람이라야 진정한 중용의 척도를 실현하는 천하의 제왕이다.

이러한 의미를 제쳐 두고라도 마음을 다스리는 여하에 따라 나의 근본을 더 나은 방향으로 나가게 할 수 있음을 나는 살면서 늘 새겨 왔다. 해야 할 것과 해선 안

되는 것들을 구분하기가 어찌 그리 쉬울까. 그러나 그러한 구분에 대한 최소한의 노력이 있을 때 세상에 좀 더 떳떳해질 수 있음을 느낀다.

나의 삶을 누가 살아 주는 것이 아니다. 내 삶에 내가 주인일 때 삶은 풍요롭다. 그러기에 나라는 존재를 잘 다독이며 가꾸어야 하질 않을까.

밤새 눈이 적당하게 내린다. 소복하게 쌓인 창밖을 보고 있자니 저 눈도 적당하게 내려야 풍요롭다는 생각. 창문을 살짝 열어 보면 눈이 싸륵대는 소리가 선명하다. 올해는 꼭 풍년 농사가 되어 주라고 주문을 넣는다.

대지의 말

　우수가 지나면서 겨울 동안 꽁꽁 얼어붙었던 들녘
에 봄기운이 돈다. 비로소 연두 풀이 돋아난다. 그런데
며칠째 들판에 바람이 된통 분다. 일명 황사 바람이다.
주로 4월에 들어서면 중국에서 건너오는 황사, 시커먼
흙비로 내렸다. 이국의 흙먼지가 빗속에 뭉쳐져 대륙의
광활함을 들려주고픈 말로 주룩주룩 내린다.

　"비 맞으면 안 돼."

　봄무를 덮은 터널 비닐이 온전한지 돌아보는데, 전

화로 어서 오라는 아버지의 걱정이 귓등을 적신다. 며칠 지나면 아버지는 갱생원에서 일꾼들을 데려와 비닐을 벗겨 내고 멀칭 활대를 뽑아낼 것이다.

집으로 돌아와 환한 대낮을 감쪽같이 가린 컴컴한 하늘을 바라본다. 담장이 없는 마당 건너 길에 승용차가 라이트를 켜곤 천천히 가는데 그 모습이 조심스러운 눈치다. 동네의 한 어르신인데 자식이 사 준 승용차를 몰고 가는 품이 불안하다. 우산을 쓰고 다가가서 물어보았다.

"어르신 어디 갔다 오시오. 날씨가 영 맛이 갔는데."

"논에 이제 쟁기질 치는 거 보고 왔지."

"몸도 안 좋으면서 이런 날 바깥에 가면 탈 나요. 어서 들어가 쉬세요."

환하게 웃음 짓는 동네 어르신은 암으로 죽을 고비도 넘겼는데 초기에 발견되어 치유되었다고 한다.

한순간 별별 생각으로 내리던 빗줄기다. 칠흑의 장관에 나는 입을 다물어 버리고, 집개 바둑이는 두려운 눈빛으로 낑낑거린다. 똥개의 신음처럼 철철 넘는 빗소리를 듣는다.

시커먼 흙비는 대체 어디를 떠돌다가 저리 내리는

걸까. 지상을 떠나 떠돌던 흙이 다시 돌아와 질펀하게 젖은 채 잦아든다. 세상을 떠돌다 돌아오는 그 같다. 집 나가면 개고생이라고 해도 기어코 나갔던 녀석이 돌아온 것 같다.

비는 회귀를 재촉하는 것 같다. 봄비는 더욱 그런 면에서 반갑지만 언젠가부터 비는 품고 온 중금속 독성 때문에 맞으면 안 되는 비가 되었다.

들녘은 한바탕 쏟아지는 흙비를 맞는다. 겨우내 황량하던 흙덩어리가 황사비에 버무려졌다. 갓 깨어난 개구리들의 울음이 들린다. 봄은 비로소 깨어나는 소리가 있어 좋다. 겨우내 방에서 은둔하며 보냈던 시간도 이 비에 씻긴다.

예전엔 동네에서 이모작으로 보리를 많이 심었다고 한다. 그런데 보리를 수매하지 않으니 보리 심는 농가가 사라지고 대신 이모작으로 봄무를 지었다. 이모작인 봄무 농사는 농가마다 큰 소득원이 되었다. 우리 역시 고소득의 혜택을 제법 본 봄무는 주로 2월 말에서 3월 초 논에 파종하고 터널 멀칭을 해서 보온한다. 그리고 4월에 이르면 쑥쑥 성장한다. 그런데 이때 황사 바람이 골머리다. 일반 하우스와 달리 매듭 줄을 쓰지 않은 까닭에 강풍이 불면 획 비닐을 날려 버린다.

비닐이 바람에 날리면 비상사태가 된다. 무가 밤새 서리를 맞으면 무 잎이 시커멓게 타 버린다. 해마다 보름 정도는 이 황사 바람에 시달리며 보냈다.

어느 해는 황사 바람에 비닐이 벗겨져 바람이 잠잠한 초저녁 들녘에서 어머니와 둘이 달빛을 불빛 삼아 삽으로 비닐을 덮었다. 새벽 세 시 무렵까지 쉬지 않고 삽질하고 나서야 마무리된 비닐 덮기는 팔부 능선을 넘는 기분이었다.

집에 오니 "냐 둬불제. 뭐 하려고 생고생이여!" 하는 걱정 섞인 아버지의 역정이 있었다. 같은 값이면 위로해도 모자랄 판에 아버진 걱정을 엇지르는 소리로 놓는다.

"그럼, 어쩌요. 서리 맞으면 다 디져분디."

봄무만 죽는 게 아니라 우리 식구들 다 죽는다는 어머니의 말이 가시로 박혔다. 어머니의 서운함 가득한 말에 마음 아프던 새벽.

"아야, 애썼다. 오늘은 암것도 하지 말고 그냥 자라."

내게는 저리 다감한 아버지가 유난히 어머니에게 거칠 때가 있었다. 마지막 서리가 요행히 지나가고 장사꾼은 마지막 잔금을 건네주며 농사짓느라 애쓰셨다고 내게도 용돈을 두둑이 챙겨 줬다.

봄무를 무사히 키우면 밭떼기 장사꾼들은 대형 트럭을 몰고 와서 들녘마다 가득한 봄무를 트럭에 실어내는 작업을 십여 일 정도 한다. 봄무를 대야에 담아 머리에 이고 가는 여자들을 보았다.

어디서 왔는지 모를 일손들이 바삐 몸을 움직이는 동안 들녘은 어느새 텅 비워지고 남은 봄무 중 괜찮은 건 챙겨 가곤 했다. 트랙터가 들어와 한번 갈아 놓고 나면 본격적인 늦모 심기가 시작되는 들녘은 황사비를 중금속 비인지 아닌지 모른 채 받아들인다.

대지가 어디 무엇을 가리던가. 열 손가락 중 깨물면 안 아픈 손가락 없다는 말처럼 대지는 능욕의 불순물조차 품으니 대지만 한 너른 품은 없을 것이다.

대지는 따뜻하게 살아 있는 가슴이다. 뜨뜻한 것이 내 마음을 적신다.

새벽 창가

태풍이 오는 것도 아닌데 바람이 거세다. 한바탕 휘
몰아치는 바람에 둑방의 억새가 몹시 흔들린다. 버드나
무와 느티나무도 요란한 소리로 혼돈을 경험한다. 아직
퍼런 이파리가 힘없이 떨어지는 저물녘, 비가 오려나
보다. 하늘은 멀쩡하게 노을을 드리운다. 붉은 융단을
깔아 놓은 듯 서녘은 불그스름하다.

개밥바라기별이 초롱초롱한 시간에도 강풍이 빠르
게 분다.

"뭔 바람이 아직껏 안 잔디야."

일손 아주머니들 산포로 데려다주고 들어오는 아버지는 겉옷을 탈탈 털고는 하늘을 본다.

"비가 안 와야 산포 아주머니들 데려올 때 안 힘든데."

내일 새벽에도 일할 아주머니들 데려올 걱정에 가득한 아버지, 갈수록 나이가 들면서 깡마른 큰 키가 굽어 보였다.

며칠 열무 작업으로 부산했다. 새벽어둠이 채 가시지 않은 시간에 아버지는 산포로 가서 아주머니 너덧 명을 싣고 와서 작업을 시작했다. 어머니는 새참을 챙겨다 놓고, 아주머니들과 같이 열무를 뽑아 4킬로그램 박스에 차곡차곡 담았다.

나는 아주머니들이 열무를 박스에 담고 나면 신문을 씌우고 저울을 가져다가 정확한 무게가 맞는지를 재본다. 그러곤 단단히 묶어 하우스 밖 그늘진 곳에 내어 놓았다 농수산물 수거 차량이 오는 시간에 맞춰 승용차 트렁크와 뒷좌석에 가득히 실어 가져갔다.

농수산물 수거 차량 앞엔 오늘도 저마다 작업한 열무를 쌓아 두었다가 차량에 올려 주느라 분주하다. 열무 수량이 하루 이백여 박스지만 그보다 많을 때는 삼백 박스 넘게 작업한다.

"오늘은 작업 많이 했네요."

다들 피곤한 기색이 역력해 보이지만 다 아는 처지라 싱긋 웃곤 한다.

"어젠 일하는 아주머니 수가 좀 부족했는데 오늘은 몇 명 더 붙어서 했어요."

"그나저나, 어르신 건강도 여전하시네요. 늘 부지런하게 아주머니를 데리다 놓고."

"연세가 많아져서 많이 힘드신 것 같아 늘 마음 저립니다. 제가 운전을 못 하니."

시세가 좋을 때는 칠팔천 원으로 호주머니가 두둑할 때도 있지만 그런 호재는 어쩌다 한번 맞는다. 어쩌면 복권 당첨 같은 소식이다.

내 차례가 되어 박스 하나하나를 수거 차량 기사에게 던져 준다. 기사는 하나씩 받아 쟁이다가 한마디 한다.

"어째 가벼운 게 들리네."

의심스러운지 박스를 열어 본다.

"무게를 정확하게 안 쟀구먼, 조심하소."

열무 박스란 게 농가 작업당 한집에서 나오는 수가

많아 일일이 무게를 검사하지만, 무게가 미달인 게 몇 박스 나온다. 그럴 땐 대충 모른 척하고 지나가는 경우가 많다. 무게를 정확하게 재지 못한 것은 박스 무게를 재지 않고 깜박하면서다. 물론 저울 눈금에 박스 무게를 포함해 담는데 아주머니들이 가끔 그걸 까먹는다.

열무 박스를 다 올려 주고 승용차로 돌아와 아버지에게 아주머니들이 무게를 잘못 잰 게 한두 개 나온 것 같다고 일렀다.

꼼꼼한 아버지는 그냥 지나칠 리 없다. 현장에서 노무자를 진두지휘한 젊은 날 기력은 여전하다.

"아주머니들, 무게가 좀 안 맞은 게 나온 것 같으니 잘 담고, 주시오."

한참 일하던 아주머니가 그랬다.

"힘이 없어 꾹꾹 누른단 것이 많이 안 눌러진 것 같소."

나는 저울 눈금자를 다시 확인하곤 작업 진행을 지켜봤다.

열무 수확은 오전 열한 시 정도에 오전 작업이 끝난다. 열무의 신선도를 유지하기 위해서 오전에만 하는 것이다. 아침 작업이 마무리되고 어머닌 점심을 차려 준다. 어둑새벽 전날에 짬 내어 사 온 찬거리로 만든 식사다. 난 아주머니들에게 반찬과 밥을 일일이 놓아 주고 틈에 끼여 밥 먹는다.

"매번 먹는 밥인데, 밥이 참 맛나고 좋네."

"많이 드시오."

이런저런 이야기가 말 꽃을 피운다. 저마다 살아온 내력이 밥 먹는 동안 늘 재방송되지만 사람 사는 세상에 가장 즐거울 때가 누군가에게 자신의 말을 할 수 있는 시간이다. 말하고 들어 주는 귀가 있다는 건 얼마나 고마운 일인가. 날마다 보고 사는 부모님이 있는 밥상이 정겨운 것 역시 말하고 들어 주는 귀가 있기 때문이다. 점심을 물리고 나면 오후 두 시까지 휴식 시간이어서 하우스 바깥 나무 그늘 아래 깔아 둔 자리마다 드러누웠다. 오후에는 날씨 여하에 따라 작업 시간이 고무줄 같다. 비가 올 때는 하우스 안에서 휴식한다.

아버지와 나는 열무 작업이 마무리될 무렵엔 정리하면서 농사가 잘 안된 이유를 돌아보며 다시 계획한다. 돌아보지 못한 것 일이 하나하나 드러날 때마다 그것을 탓해 무얼 할까 싶기도 하다.

좋은 시세로 제값을 받아 내지 못해 아쉬운 일이 있

다. 병든 열무를 집어넣었는지 하품이 나와 속상한 일도 있다. 그럴 때 아버진 일하는 아주머니들에게 역정을 내곤 한다. 농수산물 수송 차량 직원의 병든 거 잘 가려내라는 말에 화가 난 거다.

그때마다 열무 농사는 왜 해서 골치를 썩이나 싶기도 하지만 농부는 제 농사터를 탓하지 않는다는 말이 내 마음을 가라앉힌다. 가끔 속상한 일이 생기면 제 팔자를 탓하지만 그런다고 팔자가 변하는 것도 아니다. 늘 돌아보고 문제가 생기면 그때그때 대책을 세워 더 큰 문젯거리를 막아야 한다.

농사가 많으면 돌아보기 힘들어서 쉽게 간과하게 되는 일이 있다. 다 살필 여유가 없는 것이다. 그러기에 난 가구의 노동력 범위에서만 농사를 짓자는 생각인데 농사를 사업처럼 생각하는 아버지로 인해서 겉도는 느낌이 들 때가 많았다.

여유가 따르지 않는다면 바라보는 혜안도 좁아진다. 그러기에 어떤 일이든 차근차근 보채지 않고 들여다볼 필요가 있다. 느릿하게 흐르는 물 주변은 모래가 쌓이지만 급하게 흐르는 물살 주변엔 모래가 쌓이지 않는다.

어디로 가든 물은 흘러가는 것이어서 그 물줄기 가는 대로 물살은 흘러간다. 다만 물이 엉뚱한 곳으로 흘러들지 않게 치수(治水)하듯이, 일에 대해서 차근차근 생각하고 결정해야 뒤탈이 없고 뜻하지 않은 호재도 생긴다.

작업을 마무리하면서도 또 다른 일로 서둘러 가는 시간, 단단히 오기를 부리는 바람은 새벽에 소란스럽다. 캄캄한 어둑새벽 거실에 불이 들어오고 아버지의 조용한 행보가 어김없이 시작된다.

아버지의 승용차가 빠져나가는 길목의 전봇대 아래 잠 못 이루는 길고양이가 낮은 소리로 새끼를 찾는다.

까망이

하우스 풋고추 작업을 할 때마다 나주 산포의 내기리에서 온 일손 아주머니 중 보성댁 아주머니는 유난히 어머니와 사이가 좋다. 항상 단짝처럼 같이 고추를 딴다. 보성 아주머니는 참 사연이 많은 사람이다. 사연이 많아선지 어머니와 잘 어울려 이런저런 이야기를 잘 나누며 지내는데 어느 날 새끼 고양이를 어머니에게 주었다. 일명 '분양'인데 까만 고양이다.

어머닌 까만 고양이를 집 뒤란 창고에 넣어 주고는

먹다 남은 생선을 주었다. 사람의 손을 덜 타 잘 오지 않는 고양이인데 이름을 '까망이'로 지었다. 암컷 고양이 까망이는 새로 얻은 농가의 뒤란에서 무럭무럭 커 갔다.

밥 줄 때만 마주친 관계로 제대로 된 정을 나누지 못했지만, 무려 15년을 뒤란에서 제 영역을 지키며 살았다. 까망이가 낳은 새끼들만 해도 엄청났다. 어쩌면 지금 동네를 활보하는 무수한 검은 고양이들은 까망이 후손일지 모른다.

통 곁에서 만져 보지 못했던 까망이는 나이 들면서 제대로 움직이지 못했다. 어느 날 뒤란에 엎어 둔 큰 대야 위에 앉아 햇볕을 쬐고 있었다. 자는 건지 아니면 자는 척하는 건지 모르지만 내 기척에 웅크린 고양이 눈빛이 노랗다.

예전엔 쏘아보듯 했던 눈빛에 이젠 힘이 없다.

"까망아, 왜 어디 아프냐."

물어봐도 꿈쩍 않는 고양이 눈빛이 힘을 잃었다. 문간에서 영혼을 만난 태연한 자세, 찬 바람에 속이 가르랑거린다. 부글부글 끓어오른다. 현기증이 부슬부슬 는개로 내린다.

앙상한 감나무에서 휘파람 소리가 났다. 다 떨구어 낸 홀가분함이 짐짓 저리 기쁠까. 생의 마지막을 연기하는 저 눈빛이라니. 방금까지 나락값이 똥금이라도 그렇지, 쌀값이 개 밥값만도 못하다고 허허롭게 웃었는데 헐거워진 까망이를 보니 그게 아니다. 이것도 지나가는 것 맞지.

앙상한 가지엔 그래도 돌감들이 주렁주렁 달려 있다. 애초부터 따지도 않았기에 가끔 새들의 먹이였다가 이도 저도 아니면 투둑투둑 땅 위로 툭 떨어져 물큰하게 찌그러져선 그 속의 식물성 내장이 엉클어진다.

그때까지 웅크리고 있던 고양이가 몸을 일으키곤 갸릉갸릉 몸을 떤다. 먼지가 푸르르 털어진다. 그 몸에서 털려지는 어두운 재들이 털어진다. 야금야금 제 털을 핥는 새빨간 혓바닥이 오톨도톨하다. 먹잇감을 찾지 못하고 가끔은 저렇게 홍시 내장을 핥는다. 나 역시 내 밥도 못 하고 남의 밥을 날름날름 핥는 적도 있다. 그나저나 사는 일이란 소름 끼치는 일과 같아서 새벽이 오기 전 일을 나서곤 했다.

먹고사는 게 먼저지 암, 귀농하고 나서 죄다 버린 글이 소지가 된 것처럼 내 살아온 시간도 그런 것 같다. 마

지막으로 몸을 핥는 것이다. 마지막이라는 말을 내게
들려주려 했는지 한참을 바라보고 있었다.

집사, 고마웠어, 이런 말을 하고 싶었을까. 그날 오수
중인 까망이를 본 것이 마지막이었다. 다음 날 아침밥
주러 가 보니 밥통 앞에 엎드려 있었다. 내 기척에도 꿈
쩍 않고 엎드려 있는 모양이기도 했다.

"까망아, 밥 가져왔다. 밥 먹자."

다가가면 나를 경계하던 까망이가 일어나지 못했
다. 만져 보니 숨을 멈춘 지 오래되었다. 그러고 보니 간
밤에 무척 추웠다. 서릿발에 뒤란이 하얗다. 주변에 다
른 고양이가 얼씬거렸다. 밥통에 밥을 담아 주고 들어
와 까망이가 죽었다고 했다.

"어머니, 까망이가 죽었네."

"어제 잘 있드만, 어쩌다가."

"밥그릇 앞에서 엎드려 있습디다."

"아이고, 그래도 참 오래 살았다."

"까망이, 산포 보성댁 아주머니가 데려왔잖아."

"그래, 나 줄라고 한 마리 가져왔었는데 참 오래도
살았구나. 어디 좋은 데다 묻어 줘라."

까망이는 유독 나를 경계했지만, 어머니가 가면 어디 숨었다가도 뛰어와 어머니가 내놓은 밥을 잘 먹곤 했다. 그 모습이 얄미워 '저 새끼는 나만 골라 따돌리는구먼' 했다.

"그러고 보니 그 아주머니 생각나네요. 힘들게 사셨어도 늘 얼굴에 웃음이 가득했던 것 같아요."

그 아주머니 잘 계실까. 고추 농사도 내리막길인 상황에서 더는 일손으로 부르지 못했던 보성댁 아주머니.

이젠 까망이와의 시간을 끝내야 한다. 여기까지 너와 나의 인연이므로 나는 농장의 매화나무 아래 묻어 주었다.

까망아, 바쁜 걸 핑계 삼아 같이하지 못한 시간이 많았구나. 미안하다. 그래도 너와 함께 같이한 시간 고마웠다. 다음 세상에 태어나면 많은 사랑 받길 바란다. 까망이를 묻어 주고 돌아서는데 까만 고양이가 내 앞을 지나갔다.

짜식, 그래도 후손은 많이도 낳았구나. 그 후손들이 여전히 문전걸식한다.

가만히 귀를 대면 난청 속으로 파고드는 소리가 들린다. 쏴
쏴, 낭창낭창 얼음장 밑으로 물이 흐른다. 얼음장은 강물의 두
꺼운 잠바다. 추울수록 더욱 두꺼운 잠바를 꺼내 입고 그 안에
서 생명을 따뜻하게 지킨다.

3부

빗방울은 잔소리를 좋아해

*
___

속이 차야 수육 싸 먹지

겨울이 멀지 않은 10월인데 한낮이 뜨겁다. 이맘때는 서리가 내려 부랴부랴 나락도 베고 비닐하우스 단속도 서두른다. 하우스 보온을 위해 단단히 단속하느라 부산하다가 밭에 와 서둘러 베곤 하던 메주콩. 배추도 속이 단단하게 찰 무렵이다.

이때부터 하우스를 제대로 단속하지 않으면 속에 든 작물이 얼어 피해가 크다. 그래서 10월이면 하우스 농가들이 바쁘다. 그런데 어느 해부턴가 10월이 그리

춥지가 않아 서둘렀던 하우스 보온 단속을 늦추었다.

10월 날씨가 뜨거워서 농담조로 '여름이 아직 미련이 남은 탓'이라고 말했다. 그럴 때마다 '얼른 추워야 콩을 벨 건디', 시퍼런 콩꼬투리를 보며 '콩을 베야 하는디' 하며 어머니는 매번 걱정했다.

한시의 여유조차 없이 늦가을 무렵은 부지런하게 겨울을 맞이하는 시간이다. 그런데 언제부터 늦가을은 감각을 잃고 여전히 된더위의 추억을 지우지 못한다. 봄과 가을이 사라진 것 같다.

SNS를 열면 가을에 벚꽃이 피고 명자꽃이 피고 매화도 피는 괴상한 현상을 사진을 통해 본다. 이런 기현상을 어떻게 설명해야 할지. 예전엔 철이 지나 핀 꽃을 보면 망조가 들어서 그런다고 했다. 제철에 피어야 할 꽃이 제철에 피지 않은 현상은 우주의 질서가 무너지는 것이 아닌가. 철에 맞지 않게 꽃이 피면 나라에 어려운 일이 생긴다는 이야기를 듣고 살았지만, 착각한 개화를 자주 보니 심경이 복잡하기만 하다.

밤이면 급격히 떨어진 온도에 시들어 죽을 팔자임을 꽃이 모를 리 없을 텐데 어쩌자고 피어서 보는 내 마음을 안타깝게 만드는 걸까. 겨울답지 않은 기상이변은 농사에도 악영향을 준다. 제대로 추워야 벌레가 동면에서 늦게 깨는데 2, 3월에 벌써 모기가 날아다닐 정도면 기후가 아열대성으로 변했음을 느낀다. 요즘은 바나나가 강원도 하우스에서도 재배된다고 한다. 강원도에서도 귤이 나온다는 뉴스도 있고, 아열대성 기후 변화로 한반도 자연의 이상 징후가 관측된다. 밤낮의 온도가 급격하게 벌어져 한밤엔 영하권이다가 낮엔 20도 안팎의 큰 차이를 보인다.

독감이 유행하자 독감 예방주사를 맞아야 한다고 방송은 연일 다그친다. 동네에선 노인들에게 독감 백신 무료 예방주사 맞으라고 계속 안내했다.

젊어서 폐결핵으로 폐 대부분을 잘라내고 살아온 아버지는 늘 감기에 예민했다. 감기는 폐에 악영향을 주게 되고 건강이 돌이킬 수 없이 나빠짐을 알기에 식구 중 누가 감기라도 걸리면 온 가족이 비상이다.

어려서 형제 중 누가 감기라도 걸리면 장흥 읍내 약국에서 감기약을 한 보따리씩 사 오곤 했던 아버지다. 그 지극한 사랑은 여전해서 자식들이 다 장성했어도 독감 백신을 안 맞으면 역정의 화살을 피할 수 없다.

"애비가 말하면 뭣 좀 듣고 그래라. 폐렴이라도 걸

리면 어쩔라고 그러냐."

폐렴을 자주 앓아 본 난 아버지의 역정을 듣기 전에 함께 가서 그 비싼 독감 백신을 맞고 돌아오곤 했다.

"주사 맞고 이삼 일 술 마시면 안 된다."

아버지와 어머니의 당부에 며칠 술을 마시지 않고 보내는 11월이 되어도 한낮이 뜨겁기는 마찬가지다.

"날씨가 되게 미친 거야, 아니면 공해 물질을 과다 배출하는 인간이 미친 거야?"

형님에게 이 말을 하면 너도 한입 하잖아, 한다. 형님 은 내가 술을 마셔 내뿜는 술내도 공기 오염을 거든다 고 하니 이건 숫제 술 끊으라는 압박 같다.

하기야 나도 심하긴 심하네. 어떤 날은 환경 오염 방 지에 동참하는 의미로 술을 거의 십여 일 끊을 때도 있 지만 무슨 모임만 다녀오면 거나하게 취한 내 모습에 식구들은 그러면 그렇지, 한다.

겨울을 목전에 둔 강변의 나무가 단풍이 들지 않은 이파리로 너울거린다. 억새도 노랗게 말라 가는 시간이 늦어진다. 한 해 새싹을 피우고 울창한 나무 이파리로 여름내 치렁거리던 나무가 그 잎을 여태 내려놓지 못한 다.

가장 계절을 착각하기 쉬운 꽃은 개나리 같다. 착각은 자유라지만 동네 농장 울타리에 개나리는 쉽게도 꽃을 피운다. 된서리 맞고 죽을 운명임에도 잠깐 피었다 시드는 꽃. 어찌 보면 꽃의 착각이 아니고 기상이변에 몸부림치는 것 같은 느낌이다. 살고 싶다는 몸부림, 계절의 심각성에 대한 경고 메시지를 저리 피워 항변하는 것 같다.

10월이 가면 이제 이 한 해도 다 가는데 나는 아직 수확하지 못한 것들이 있다. 제대로 여물어야 할 서리태가 아직 시퍼렇다. 늦게 심은 것도 아닌 메주콩이 아직도 철을 잊고 푸르다.

―너, 언제 철들래!

10월이 가도 착각의 자유를 누리는 것은 콩뿐만 아니다. 김장 배추도 속이 드는 시기인데 제대로 차지 않는다. 10월이 지나 11월이면 배추도 본격적인 수확 철이다. 그런데 익을 때가 다가왔음에도 파란 잎만 출렁거린다. 김장철이 머지않았는데 시간을 버는 배추들, 왜 저렇게 시간을 버는 건지 배추밭을 돌며 퍼런 배추를 본다. 양분이 부족한 것도 아닐 테고, 종묘사에서 가져온 묘목인데 참 이상하다 싶다.

형님은 저게 모종이 잘못된 것 같다고 했다.

"모종 어디 종묘사에서 샀냐?"

"모모 종묘사에서 샀어요"

"이상한 품종을 잘도 팔드만 암만 봐도 품종이 이상해."

그렇다고 대책을 세우기엔 너무 늦었다.

"그래도 좀 묶어 주고 그러면 속이 좀 찰 거다."

어머니의 노심초사는 갈수록 심란할 지경에 이르렀다.

"아야, 어쩐다냐. 품종이 문제인 거 아냐?"

"형님하고 같은 말씀을 하시네요. 그런 것 같기도 하고 기상이변 탓도 있는 것 같아요. 그래도 속 차겠지요."

"저렇게 놔두면 배추가 떡 된다."

옆에 있던 아버지도 한마디 거들었다. 품종이 문제인지 날씨 이변 때문인지 배추는 쉽게 속이 들지 않았다.

별수 없이 배추 포기를 묶어 주었다. 묶어 주고 나니 그런대로 속이 찼다. 속이 잘 차야 할 텐데 하는 걱정을 끈으로 여며 주는 동안 식지 않은 바람이 분다. 보이지 않아야 할 모기가 돌아다니며 등짝을 찌른다. 아열대가 된 시절을 견뎌 내는 고단한 시간이다. 언제쯤 바람도 차져 배추의 속을 단단히 채울까.

배춧속이 차는 모습을 보면서 소가지란 말을 떠올렸다. 시퍼렇기만 할 뿐 세상 물정 모르는 사람을 일러 망둥이라 했던가. 밤낮 일하면서 늘 차지 않은 내 속이 저리 퍼런 배추 잎사귀 같은지 모른다. 어서 날씨가 제대로 정신 차려야 할 텐데. 김장 때 배춧속에 수육 한 덩어리 싸 먹어야 할 것이 아닌가.

10월은 그래서 좀 억울하고 황당한 시간이겠다.

반려와 같이 살기

　요즘은 개나 고양이를 반려의 뜻으로, 사람과 동격
으로 여기지만 얼마 전까지는 가축의 의미로 집에서 기
르는 집짐승이었다. 반려나 가축은 다 한자어인데 두
단어가 서로 음미하는 뜻이 다르다. 옛날에 개는 집을
지키기 위해 주로 키웠으나 이제는 사람들과 함께 실
내에서 생활하는가 하면, 고양이도 쥐를 잡는 용도에서
벗어나 인생의 반려로 의미가 바뀌었다.

　나도 집에서 개를 많이 키웠다. 귀농하고서 널따란

집에 암컷 누렁이와 누렁이가 낳은 행주가 있었다.

누렁이는 어머니를 잘 따랐다. 어머니가 밭일 가면 저도 따라가서 어머니가 밭일을 다 끝낼 때까지 기다렸다가 같이 귀가하는 것이다. 분명 옛 주인이 있을 텐데 낯선 주인이 된 어머니를 더 따랐다. 집안 식구들 모두가 좋아하는 누렁이의 충직한 모습을 보면 사람 손을 많이 타고 자랐음을 느꼈다.

그런데 암컷인 행주가 유난히 식구들을 피했다. 옛 주인이 오면 좋아서 다가오긴 하지만 거의 유기견 수준으로 겉돌았다. 아무리 불러도 오지 않다가 어느 날 밥 주는 어머니 손을 무는 사고가 일어났다. 아버진 행주를 잡을 것을 부탁했고, 집에 들른 형님은 잡히지 않는 행주를 덫을 놓아서 붙잡은 후 개장수에게 팔았다.

그때는 요즘 같지 않아 너 나 할 것 없이 개를 팔거나 잡아먹거나 했다. 여름이 되면 마을마다 개장수 트럭이 왕왕 지나다녔다. 누렁이가 낳은 새끼들을 팔아 넘기기도 했다. 그러다가 새로 농가를 매입하고 나서 개 키우는 일은 그만두었다. 동생이 한두 마리 분양해 오면 키우곤 했는데 거쳐 간 개들마다 비운의 생을 맞았다.

담장이 없는 마당이고 보니 개 앞에 약을 넣은 고기를 던져 놓고 간 사람이 있었다. 그 바람에 평소 잘 짖지 않은 바둑이가 독살당하는가 하면 복실이라는 귀여운 누렁이 새끼는 일하고 오니 누가 데려가고 없어 동네를 뒤지고 다니는 일도 있었다.

그 뒤론 통 개를 키우지 않았었다. 어느 날 담양 세설원 선생님이 강아지가 이쁘다고 한 마리 데려다 키울 거냐고 해서 형님과 같이 데려온 '단비'가 있고, 다음 해 겨울엔 동생의 지인에게 분양받아 키운 진돗개 '아름이'가 있다. 아름이는 거의 현관 안에서 키우다가 감당이 안 되어 마당에 내놓고 키웠다.

그 후로 아름이에게 추근대는 개 때문에 형님이 키우는 수캐 진돗개와 강제로 합방시킨 일이 있었다. 아름이에겐 처음이자 마지막 새끼였던 방울이는 지 애비 닮아선지 체격이 건장했다. 강아지 시절 녀석은 겁도 없이 일 나갈 때마다 따라다녔다. 따라다니는 건 좋았는데 언덕 아래 배수로 수조에 빠지는 등 난처한 일들이 많았다. 그런 녀석이 크면서 단단한 쇠줄에 묶이는 일이 생겼다.

어느 날 몸집 좋은 방울이가 집을 나간 것이다. 조그

마했던 것이 덩치가 너무 커져서 목줄을 교체했었다. 그런데 얼마나 발버둥을 쳤는지 그 단단한 목줄을 끊고 집을 나간 것이다. 며칠째 밥을 먹지 않고 까탈스럽게 굴더니 결국 줄을 끊고는 혈기 방장을 풀려고 나갔다는 듯이 저녁이 돼도 돌아오지 않았다. 하여 손전등을 비추며 동네 곳곳을 샅샅이 뒤지고 다녔다.

방울이는 탈출한 것일까 아니면 가출한 것일까. 그도 아니면 누군가의 손이 목에 걸린 줄을 끌고 데려갔을까? 아무리 생각해도 이해가 되지 않았다. 담장 없는 열린 마당이라 동네 사람이 지나가면 꼬리 흔들며 '반가워요, 반가워요' 해서 동네 사람들 손도 탄 녀석이다. 동네 사람들도 같이 걱정해 주었다.

"지나가면 살갑게 꼬리 흔들어 주고 좋아하더니 어디 갔을까 잉."

밤이 깊어도 오지 않은 방울이. 동네 사람들 말을 빌리자면 마지막으로 동네 산길로 가는 것을 봤다고 한다. 암내를 맡고 그런 것 같다고 이구동성인데 지난번 지네 엄마 따라 산에 갔다가 고생한 경험을 생각해 보면 그 말이 맞는 듯하다.

몇 번 중성화를 시도했지만 너무 늦었다. 밤마다 어

던 순간과 맞대면하는 절해의 고독을 방울이라고 못 느꼈을 리 없다. 순하디순한 눈으로 몇 번이고 주인에게 갈구의 시간을 원했지만 일에 치여 바쁜 나는 늘 무관심했다.

며칠이 지나도 돌아오지 않아 단념해 버렸다. 그런데 어디선가 개 울음이 들린 듯한데 난청의 착각이려니 했다. 밤새 수많은 억측을 품고 잠들다가 깨면 순한 눈빛이 자꾸만 어른거렸다. 지난봄엔 어미인 아름이가 모성의 본능으로 찾아가 끈을 끊어 돌아올 수 있었지만, 이 겨울 목에 매단 굵은 쇠줄을 끌고 떠난 너를 어디서 찾을 것인가? 무수한 핑계 속에 너의 시간을 허락해 주지 않아 미안했다. 누구의 손에 잡혀갔다면 부디 잘 살아라. 개장수에게 팔린 것보단 그게 나은 일이라며 나를 위로하는 염치.

다시 아침은 오고 일하러 나서야 해서 밥을 먹는데 마당에서 우는 소리가 들렸다. 부모님과 나는 퍼뜩 바깥을 보는데 방울이가 온몸에 풀씨를 붙이고 서 있었다. 얼마나 끌어당겼는지 줄 손잡이가 끊어져 있었다.

"세상에, 너 잡혀간 줄 알았다."

나의 말에 녀석은 서운했는지 내 발에 머리를 쿵 찧

었다. 아버지와 어머니는 불쌍하다 등을 다독여 준다.

"얼마나 배가 고팠을까 잉."

살고자 하면 뭔 짓이라도 한다는 말이 있듯 방울인 그렇게 살아서 돌아왔다. 그런데 집 나간 사흘 동안 어떻게 버텼을까.

"그러니까, 집은 왜 나가 고생이냐. 개고생이 따로 있겠느냐."

차가운 내 말에 항의하듯 낑낑대는 방울이에게 어머니는 아침에 먹고 남은 명탯국에다 밥을 말아 가져다 주었다.

"너, 참말로 호강한다. 한 번 더 나갔다 오면 완전 상전이겠구나."

무사하게 돌아와 줘서 고맙다고 해야 하는데 말이 엇나갔다. 그래도 방울이의 밥 먹는 모습을 보니 나간 자식이 돌아온 것처럼 흐뭇했다.

어머니는 연신 "얼마나 배가 고팠을까?" 하고, 아버지는 "고생 많았구나" 하며 위로한다. 제방에서 같이 놀다 본 강아지풀을 떠올리자니 그 위험천만한 기억이 되살아난다.

그 후로 큰 개들을 키울 만한 여력이 없어 고민하다

가 팔았다. 이 일로 다시는 개를 키우지 않겠다고 녀석이 살았던 집을 아예 치웠다. 녀석이 지냈던 집 안엔 고양이 두 마리가 제 둥지인 양 나를 쳐다보고 있다. 방울이가 여느 개보다 순하기 때문인지 고양이와도 친구처럼 놀았다. 아버지는 그 모습을 보면서 "괜히 판 것 같다. 네가 좀 몸만 건강하면 그냥 놔둬 불 건디." 했다. 어쨌건 지병을 달고 사는 어머니나 건강이 약해지는 나를 염려한 아버지의 선택이었다. 그래도 순한 개이니 어디서 잘 살고 있겠지, 하고 빌었다. 그리고 반려견 키우는 일은 이때 접어 버렸다.

반려라는 말, 참 곱다. 한때는 가축이었던 동물이 사람과 더불어 어엿한 친구로 살아가는 시대다. 그런데 반려 문화의 이면인 씁쓸한 사회 풍조도 보게 된다. 너도나도 데리고 다니는 반려견이 천이백만 마리가 넘는다고 한다.

누구나 자기의 반려견은 착하고 예쁘다. 그러나 뉴스를 보면 사람을 무는 반려견도 있고, 반려견을 유기하는 사람도 있다.농촌은 들개로 변해 버린 유기견 천지다. 명절 때마다 데려와서 슬쩍 놔두고 간다. 늙은 부모는 키울 여력이 안 되어 방치하니 결국 유기견이 되어 들녘을 떠도는 것이다. 무책임한 반려는 결국 개에게 못 할 일이다. 그런 면에서 무책임한 반려는 이 시대의 부끄러운 민낯인 것이다.

봄 풍경

매화가 꽃봉오리를 앙다물었다 피어 봄인가 싶은
데, 겨울이 그냥 못 간다는 듯이 어깃장을 놓는다. 맵고
차가운 꽃샘이 빗방울과 함께 어울리며 몰아친다.

"아직 못 가!"

옷섶 붙들고 막아서는 사랑만치 비바람은 단단한
회초리를 들고 사정없이 휘몰아친다. 꽃 핀 지 얼마 되
지 않은 벚꽃이 꽃비처럼 후드득 떨어진다. 통사정할
겨를 없이 꽃샘이 꽃들을 죄다 떨어뜨린다. 그래도 더

는 힘을 못 쓸 무렵이다. 봄꽃이 낙화하고 난 나뭇가지에 연두색 잎이 파릇한 싹을 오밀조밀 내민다.

"봄이다."

사방팔방 탄성을 지르는 꽃소식이 만화방창이다. 일 속에 파묻혀 사는 나도 마음이 흔들린다. 언젠가 담양에 창작촌을 조성한 촌장 선생님께서 불현듯 전화하셨다. 벚꽃이 흐드러졌는데 왜 통 안 오냐는 말씀이었다.

"어이, 함 놀러 오소. 올해도 꽃이 풍년이네."

마음이 동하긴 했지만 바쁜 농사로 봄나들이 초청을 물리고 만다.

"농사꾼은 그래도 작물을 지켜야죠."

세설원 선생님께서 벚꽃 펄펄 내린다고 보러 오라 전화하셨는데 일을 핑계 삼아 한마디로 물리고 만 송구스러움이라니. 하우스 일로 못 간다고 하니,

"이 봄날 꽃비에 젖어 마시는 술맛도 좋은데."

전화 속 선생님 말씀이 꽃잎 떨어지는 소리로 들렸다. 사방에서 '어여, 놀러 와'라고 메아리치는 것 같다. 몸은 일해도 마음은 어느새 꽃비에 젖어 있었다.

시무룩해진 아들을 본 아버지도 "다녀오지 그러냐"

했다.

아버진 담양에 선생님 뵈러 간다면 등 떠밀어 보내 곤 했는데 하필 봄 고추 농사로 정신없던 때라 등까지 떠밀진 않았지만 그래도 다녀오지 그러냐 한다. 아버지 의 애잔한 말도 어머니의 다정한 말도 뒤로한 채 일을 핑계로 가지 않은 날 마음은 온통 벚꽃으로 만발했다.

'그래도 강변에 가면 꽃이란 꽃은 다 보는데 뭘.'

내 속마음을 알아차렸는지 갓 핀 유채가 한들한들 술렁인다. 담양에 가지 못한 것이 아쉽지만 드들강 언 저리에 핀 들꽃들이 내 마음에 들어차 환했다.

유난히 비바람 몰아치는 4월이다. 꽃도 피면 지는 순리대로 봄은 잠시지만 4월의 화창한 날 강풍이 별나 다. 논마다 쟁기질할 때고 봄 풋고추 하우스에선 첫 열 매를 따는 일로 부산하다. 농사일에만 몰두하는 내가 안타까운지 놀다 오라고 하는 아버지도 나이가 들어 몸 이 힘들다. 사방이 꽃잔치를 하지만 내가 없으면 힘들 게 뻔해서 부모님을 두고 자리를 뜰 경황이 없었다.

비바람 긋고 간 방죽 따라 걸어가는 동안 빗방울은 가랑가랑 우산을 건드리며 투덜댄다. 잔소리가 꽤 많이 남은 모양이다.

　"다녀오지, 그랬어. 선생님이 찾는데 그것도 안 가냐."

　아버지 말이 빗방울로 내 속을 토닥였다.

텃새는 위대하다

봄이 되면 드들강엔 강태공들의 방문이 잦다. 붕어, 잉어 등이 산란기라 이때를 노린 낚시꾼들로 제방이 미어터진다. 너무 지나쳐 남평 읍내 파출소에서 출동까지 할 만큼 낚시하는 사람들로 붐비는 봄. 봄 마중하는 드들강에 내리는 비는 단비다. 농사짓는 농부에게도 천금 같은 단비가 촐랑인다. 만물의 소생으로 휘황찬란한 봄날, 강변엔 주차된 차들로 빽빽하다.

생태공원엔 궂은 날씨에도 아랑곳없이 낚싯대를 드

리운 강태공들이 여기저기 자리를 잡고 있다. 그런데 문제는 산책로를 통해 무단으로 들어간 차들이 심심찮게 보여 밉살스럽다. 산책로는 왜 만들었을까. 세금으로 조성해 놓은 공간을 승용차들은 자신만의 편의를 앞세운 채 멋대로 진입해 헝클어 놓는다. 애초 산책로를 만들었으면 주차 공간도 만들어야 하지 않겠냐 하지만 엄연한 생태하천이라는 시청의 답에 나도 수긍한다. 문제는 주차 공간이 없다는 것일 뿐. 산책로에 차량이 진입하면 산책로는 만들지 않은 것만도 못한 공간으로 전락한다. 드들강 문화 공간의 조성과 일자리 창출이라는 취지는 좋은데 좀 더 세심한 정책을 통해 많은 사랑을 받았으면 했다.

봄비에 취한 초록이 선명하다. 갓꽃이 노란 물결을 이룬다. 빗방울 장단에 맞춰 춤을 춘다. 세상사 시름 다 잊어버릴 요량으로 흔들거리는 갓꽃들, 어울려 추는 춤사위가 화려하다. 그것으로도 난 봄을 즐긴다. 밖으로 나가 본다 해서 즐거운 게 아니다. 드들강변을 수놓은 무수한 들꽃이 천연 무궁한 모습으로 비에 젖는다.

무엇이 그리 바쁜지 짬을 내주지 못한 나날. 그래도 강 곁에 슬쩍 있은 것으로도 좋은 날이다. 하천 주변으

로 흐드러진 갓꽃이 짬을 내지 못한 아쉬움인 양 이리
와, 이리 와 하며 계속 일렁인다. 노란 물결이 참 이채로
운 풍광이다. 갓꽃 줄기가 더는 클 수 없는 적당한 크기
에서 일제히 노란 꽃불을 터트리고 있으니 바라보는 눈
은 흐뭇하다. 꽃 내음은 코로도 자극이 되지만 바라보
는 눈길도 출렁이게 한다.

드들강을 즐겨 찾는 이유는 예전 경작하던 하천 농
지가 있던 곳이라 늘 내 자리 같다는 생각이 들어서다.
하천 공원으로 변해 버린 그 자리가 한때는 땀과 눈물
로 나와 함께했던 강변이다.

생태공원을 조성하면서 각양각색의 들꽃이 사라졌
다. 자운영, 토끼풀, 현호색, 광대나물, 민들레, 봄까치꽃
등등 수많은 들꽃이 사라지고 거기엔 조팝나무를 비롯
한 다른 개체의 식물군이 들어섰다. 그러나 시간이 흐
르면서 토끼풀이 보이고 민들레, 봄까치꽃, 광대나물이
보이기 시작했다. 장엄한 생명력으로 하나씩 하나씩 생
태가 다시 복원되는 모습이 좋았다. 그게 생태하천이
다. 산에서 노는 사람을 산신이라 한다면 강에서 노는
사람은 강신이다. 산에서 사는 산신이 고립형이라면 강
신은 바다를 향해 열려 있다. 그러기에 강은 바다를 향

한 젖줄이다. 그 젖줄이 바다를 먹여 살린다. 강의 젖줄을 쪽쪽 빠는 바다는 그래서 생명의 출발점이다.

그 강에 사는 것들을 그냥 살아가는 대로 놔둬야 한다. 사람이 간섭할 일이 아닌 만큼 강바닥을 파고 콘크리트로 발라 보를 만들지 말아야 한다. 새들이 들러 가고 야생동물이 사는 강, 그게 이 나라 모든 강의 생명 본원이다. 어머니의 모유 같은 강이 이 나라 강토 곳곳을 흘러 바다로 흐른다. 그 어머니 강에 서서 봄빛을 담뿍 머금고 진초록으로 물들어 가는 것을 본다. 노란 물결과 어우러져 봄의 향연을 베푼 강변을 오늘도 걷는다.

정자교를 바라보며

강을 낀 도장골은 겨울이면 다른 지역보다 눈이 많이 쌓인다. 도장골은 예전에 산으로 둘러싸인 구릉 지대로 산골짜기 마을이라고 불리다가 새마을운동 이후 길을 만들면서 많이 깎였다. 그래도 산골은 산골인지 사방이 산으로 둘러져 있어 산행을 좋아하면서도 산행을 못 하는 내게 잠시의 위안이 되어 준다. 눈이 푹푹 쌓여 통행도 못 하는데 하우스까지 가진 못하고 잠시 한 번씩 걷는 것이다.

동네 입구 산길을 통해 오르는 동안 눈 쌓인 산은 고요했다. 흔한 새들의 울음 한 소절도 들을 수 없는 산등성이는 가끔 바람이 새살거리며 지나가고 노루 꼬리 같은 햇살이 자리를 만든다. 깊은 내면을 덮듯 눈으로 산을 덮었다. 앙상한 나무들은 어둠침침하다. 한겨울 찬 바람을 온몸으로 받는다. 가냘픈 나무 옆에 솔나무는 한겨울에도 푸르다. 활엽수가 잎을 다 내려놓은 뒤라야 소나무가 푸르다는 것을 안다는 '세한도'의 유명한 이야기가 떠오른다. 활엽수의 앙상한 가지에 눈이 제법 푸짐하게 쌓여 있다. 잔가지엔 얼어붙은 상고대가 눈과 어울려 한 폭의 절경을 유감없이 보여 준다.

자연이라고 항상 신비를 보여 주는 것만은 아니다. 그 신비로움은 찰나여서 한낮 온도에 눈물로 흘러내리기도 한다. 때에 따라 산의 그때그때 신비로움을 포착하는 눈빛이 좋다. 순간의 빙점, 경이로움에 감탄을 자아낸다. 나뭇가지 하나하나 결빙의 환상을 만들어 낸다. 상고대 현상은 서리가 얼어붙은 현상이다. 보통 설화는 눈꽃을 말하고 빙화(氷花)는 얼음꽃을 말하는데 상고대는 서리꽃이다. 그러한 현상은 유난히 무등산에서 많이 포착되어 뭇사람의 카메라 앵글을 통해 감탄을 불러일으킨다.

이른 아침 산길은 자못 우리가 보지 못한 새로운 비경을 연출한다. 나는 무엇을 찾으려 눈길을 걸어가는지 모르겠다. 불편한 발이 푹푹 빠지는 길을 걷는 동안 내 발길로 인해 빠끔 드러난 낙엽을 보노라면 지나온 나무 이파리의 행적이 궁금해지기도 한다.

이 겨울 한복판에 먹을거리가 있나 싶어 여기저기를 헤집고 다녔을 동물들 발자국, 인기척에 놀란 꿩의 요란한 날갯짓에 떨어지는 눈송이는 팝콘처럼 흩날린다. 나뭇가지에 앉았다 그 기척에 놀라 급한 날갯짓에 쌓인 눈이 날린다. 설화의 낙화도 참 볼 만하다. 도대체 저 꿩은 소갈머리도 급하지만, 그 성질머리가 만들어 놓는 고요의 일깨움 같은 치솟음은 되레 신비감을 느끼게 한다. 쌓인 눈꽃이 날갯짓에 사방으로 퍼져선 아침 햇살에 반짝거리며 내려앉는다.

산길 끝에 도달하면 드들강 여울목이라 할 수 있는 정자교를 만난다. 드들강은 화순 능주에서 남평 평산리까지 흐르는 지점인데 그 지점이 산포의 정자교다. 정자교는 예전엔 절벽과 바윗돌로 이뤄진 곳이었다. 오래전에 만들어진 대보로 사람과 차가 통행하곤 했는데 물이 불어나면 통행이 금지되었다. 여름엔 이곳에서 피서를 즐기는 사람들이 많아 주변에는 먹을거리 파는 곳도 붐볐다. 유난히 침수가 잘된 지역이었는데 보를 철거하고 하천을 정비한 후로 큰물이 나지 않았다.

이 정자교를 남평 솔밭으로 착각한 일이 있었다. 귀농할 당시에는 남평에 대해 아는 게 없었고, 정자교 주변에 소나무가 많아 솔밭으로 오인하기 딱 좋았다. 그런데 결정적으로 나의 착각을 바로잡아 준 분이 세설원 선생님이다.

"자네는 솔밭 아직 안 가 봤는가."

"제 사는 집 뒷산 너머 강의 정자교가 솔밭 아닌가요."

"거기 아냐. 한참 따로 놀았군. 솔밭은 남평읍을 지나 올라가야 나와."

이런 황당함이라니. 선생님은 나에게 사는 곳에 애정을 가지고 그것을 창작의 주제와 배경으로 삼으라 했는데 나는 늘 겉돌고 있었다. 선생님께서 언제 나와 함께 가 보자고 했지만, 농사일을 핑계로 가 보지 못하다가 어느 해인가 홀연히 남평의 드들강 솔밭에 들렀다. 그때 갔던 솔밭이나 솔밭인 줄 알았던 정자교는 무심한 시간 속에서도 잘 지내고 있었다.

얼음이 얼어 빙판이 된 드들강 수면은 흰 눈으로 덮였다. 청둥오리들이 떼 지어 물장구치던 자리는 꽁꽁 얼어 매서운 바람만 횡횡 불어댄다. 집 뒤 강변은 이리 매서운 시간을 견디고 있는데 나는 날마다 집에 틀어박혀 부모님 이야기와 책 속에 빠져 있었다.

어느 해엔 한파로 사람이 걸어갈 수 있을 정도로 강이 얼어붙었다. 그 많던 청둥오리가 아예 보이지 않고 낚시꾼이 설치해 둔 어망은 얼음장에 묻혀 버린, 그해 겨울은 봄이 되도록 한동안 풀리지 않았다.

겨울 동안 강은 마음을 꼭꼭 닫아 두려는 모양이다. 해마다 얼음이 풀리는 절기까지 바람의 애원을 외면한 채 봄을 기다리고 있는 강물. 그런데 가만히 귀를 대면 난청 속으로 파고드는 소리가 들린다. 쏴쏴, 낭창낭창 얼음장 밑으로 물이 흐른다. 얼음장은 강물의 두꺼운 잠바다. 추울수록 더욱 두꺼운 잠바를 꺼내 입고 그 안에서 생명을 따뜻하게 지킨다.

두툼한 옷이 필요한 건 사람만이 아니다. 야생동물이 두툼한 털로 겨울을 이기듯 강도 두꺼운 얼음 옷으로 얼음장 밑의 생명을 지킨다. 그러다가 어느 날 쨍강쨍강 부서진 얼음은 다시 물로 돌아가 흐른다.

하나도 버리지 않고 재생되는 물의 힘이다. 물의 힘이 봄을 부른다. 봄을 향한 기다림에 목메던 그리움을 생명에게 전한다.

기다림은 봄의 환희를 느끼게 한다. 참아 왔던 그리움을 왈칵 쏟아붓는 강물, 얼음이 쨍강쨍강 깨지며 물과 어울린다. 한 몸이던 물, 다만 물 아래를 위해 물 위는 얼어 있었을 뿐이다. 그간 안부를 물으며 어울려 흐른다.

날씨가 풀리면서 강물이 흐르고 따뜻한 남쪽으로 날아간 청둥오리가 다시 돌아온다. 그때쯤이면 이별 연습을 한다. 추운 곳에서 살아야 하는 청둥오리 떼는 이때 많은 먹이를 먹는다. 수중발레를 벌이며 뜯어 먹는 물풀은 강의 녹조현상도 예방한다. 강과 물새의 상호협력은 강을 살리고 생명을 살린다. 그러기에 강물은 모성이라는 말에 동감한다.

눈 쌓인 강도 강이지만 눈길을 헤집고 돌아서는 맛도 참 진경이다. 처음엔 동네 사람들에게 오해를 받기도 했었지만 내가 그런 거친 산행을 좋아한다는 것을

안 뒤로는 조심해서 다녀오라고 한다. 내 몸이 약하긴
해도 이건 아무것도 아니라고 하는데도 항상 이런 거친
산행을 걱정해 주는 도장골 사람들. 그 도장골에 피고
지는 꽃들이 늘 아름답다.

감나무와 수리부엉이

서리가 내릴 때쯤 잎이 다 떨어지고 붉은 감만 매달린 감나무를 본다. 일이 바빠 뒤란을 보아 주지 않아도 감나무에선 소쩍새가 울기도 하고 밤엔 수리부엉이 앉아 날카로운 눈빛을 뿜어내며 웅웅 울곤 한다. 그 소리가 내 마음을 울려서 뒤란으로 놓인 창에 귀를 대던 밤이다.

가을은 깊어지고 겨울이 진군하는 사이에서 나무는 한 해 초록 무장을 내려놓지만, 감나무는 여전히 파란 하늘을 배경으로 붉게 흔들린다. 일 끝나고 동네 신작로로 들어서면 나무에 달린 감이 홍등처럼 길을 밝히며 마중한다. 까치가 집에 누구 없나 전봇대서 슬금슬금 눈치 보다가 날아와 홍시를 쪼아 먹고 가곤 하던 감나무는, 우리가 이 집을 구하기 전부터 꽤 긴 시간에 걸쳐 자리해 있었다.

복잡한 송사에 얽힌 농가를 손쉽게 구해 몇 해 지나오는 동안 진초록 여름이 지나가고 가을이 지났다. 겨울의 입구에 들어서는 11월의 늦가을 비에 나무는 축축 젖고 있다.

땡감 나무라 별로 구미 없는 감이지만 11월 무렵에 서리를 맞고 제법 단맛이 풍길 때면 식구들이 장대에 철사로 양파망을 끼워 따 먹었다. 좋은 감이 대량으로 나오는 시절이라 남들은 반기지 않았지만 그래도 부모님에겐 옛 추억의 감나무라 따다 저장해 두기도 했다.

뒤란의 감나무는 한여름 땡볕을 피하도록 잠시간 독서 시간을 내어 준다. 하우스 일로 땀에 절어 돌아와 피서할 수 있는 그늘로, 여름 내내 내 자연의 서재가 되었다.

딴 감보다 남아 있는 감이 훨씬 많다. 그 남은 많은

감은 까치나 새들에게 귀한 식량으로 제공되기도 하지만 늘 좋기만 한 건 아니었다. 지붕보다 더 높이 솟아 있는 감나무로 인해 집 안은 습기로 가득했고, 덕분에 식구들이 여름에도 기침했다. 겨울엔 떨어져 썩은 감이 많았다. 떨어진 감들은 곧장 썩어 버려 벌레가 끓어 골칫거리였다. 뒤란 청소를 부지런히 하지만 감나무의 지칠 줄 모르는 투하는 겨울이 깊어도 계속되었다.

한겨울 내내 뒤란은 홍시 떨어지는 소리로 가득 차곤 한다. 영하로 얼어붙은 감이 탕탕 소리를 내며 떨어지니 슬레이트 지붕이 요란했다. 깨진 곳에 빗물이 스며 천장에 물이 샐 정도였다. 지붕으로 툭! 툭! 떨어지면 개가 목청 높여 컹컹댔다. 주의를 시키고 얼러 보지만 저의 천직인 까닭에 소용없어 등만 쓰다듬다 들어오던 겨울밤.

"아야, 네 주둥이 콱 묶어 버리고 싶다."

반 농담으로 경고하기도 하지만, 지붕에 텅텅 떨어지며 내는 파열음을 그냥 지나가지 않았다. 그뿐만 아니라 뒤란에 수북이 쌓인 낙엽도 자칫 화재 위험을 품고 있어 치워 내곤 했다. 늦가을이 되면 일하고 집에 와서 매번 치우던 감나무 이파리며 떨어져 썩은 감들. 난

장판을 만들기도 하지만 그래도 어쩌면 땡감 덕에 수리부엉이가 자주 오지 않았을까. 구애하는 건지 아니면 눈 부릅뜨고 낙엽 속을 드나드는 생쥐를 보는 건지. 맹금류의 한 종류인 부엉이. 그 울음은 난청을 가다듬어 주었다. 부엉이의 매서운 눈빛을 본 적은 없어도 밤이면 울음이 창가를 넘어왔다. 조류 중에 독수리 다음으로 제왕인 부엉이. 독수리를 닮은 수리부엉이의 부릅뜬 눈빛 앞에 가슴 졸이던 생쥐는 조심조심 숨어 다녔으리라.

함부로 돌아다니다간 단방에 먹잇감이 될 터이다. 최상위 부엉이가 매양 찾아와 우는 것은 '나 여기 있으니 설치지 말아라' 하는 소리나 마찬가지.

지붕이 깨져 비가 새니 부득이 지붕을 개량하는 과정에서 감나무를 베었다. 그 뒤로는 밤의 포획자임을 과시하던 수리부엉이 울음은 들을 수 없었다. 감나무가 사라지니 수리부엉이도 오지 않았다. 그렇게 까맣게 잊혀 갈 무렵 옆 텃밭 감나무에서 수리부엉이가 울었다. 그 집도 누가 감을 따지 않으니 수리부엉이가 찾아온 것이다.

"그래, 너 왔구나."

지붕 개량을 명분으로 내세웠지만 우리는 모르는 척 수리부엉이의 생태 공간을 깨 버렸고, 작은 공간에 있던 생태계가 깨지자 수리부엉이는 더 이상 우리 집을 찾지 않았던 것이다. 생태계는 바로 생명의 균형이 목표다. 그게 깨지면 어떤 사태가 일어날까. 이 작은 공간에서의 일도 이런데 곳곳에서 일어나는 생태계의 파열음은 끊이지 않는다.

　다시 돌아온 부엉이 울음소리는 분명 내가 그리워하는 소리다. 다시 돌아온 소리는 균형을 조율하는 생명의 조율사라고 해도 무방하다.

억세게 재수 좋은 날

　겨울과 봄 사이사이의 물안개가 짙다. 강의 얼음장
이 녹으면서 풀리는 아지랑이다. 겨울 동안 꽉 참고 다
물었던 얼음장이 쩍 갈라지며 내는 숨소리다.

　안개가 올해 들어 가장 많이 낀 듯하다. 안개로 자욱
한 강변은 사람도 거뭇하다. 방죽을 지나가는 차량은
라이트를 켜고 천천히 간다.

　안개의 서슬을 보아하니 날이 풀리는 전형적인 봄
날씨다. 지구 온난화가 만들어 놓은 듯한 불길한 예감

이 문득 들긴 했지만 얼어 있던 것들이 일시에 딱 풀려 버린 그것처럼 마음이 풀린 느낌이다.

일상의 긴장도 갑자기 풀리면 몸에 탈이 나기 마련이다. 요 며칠 쪽파를 뽑으면서 쭈그려 앉아 일하는 강도가 꽤 심했는데 마무리하고 나니 갑자기 몸에 통증이 왔다. 그렇다고 일시에 풀어 버리면 오히려 더 아프기 마련이다. 농사를 짓는 사람의 마음이 이렇다.

오전엔 하우스에서 피망을 땄다. 생각보다 '특'이 많이 나왔다. 그제 '특'이 서울에선 67,000원을 받아 내심 기뻤다. 하지만 아무리 '특' 상품이라도 그 값은 매번 오르락내리락한다. 어젠 쪽파를 하지 않고 이미 정리가 된 하우스 세 동에 거름과 퇴비를 뿌렸다. 그리고 동생이 하는 쪽파 농사가 잘되었는지 아버지 통장에 밀고 미뤄 왔던 토지 사용료가 입금되었다는 소식과 두레, 남도에 낸 피망 값이 아주 좋아 모처럼 기분이 좋았다.

이런 날은 그간의 힘든 시간도 잊는다.

동생은 농사를 짓는 사장이 따로 있는 큰 농장에서 일하는데 양파 농사와 쪽파 농사가 주류다. 동생은 거기서 트랙터를 운전하고 일손 관리를 주로 해 왔는데 쪽파 시세가 떨어져 사장이 토지 사용료를 내지 못한 채 미루고 미뤄 온 것이다.

집에 오다 밭에 가서 봄동 몇 개 추슬러 가지고 왔다. 그리고 바둑이와 까망이 먹이를 챙기는 것으로 오늘 하루 일을 끝냈다.

반복되는 일상이지만 별 탈 없이 하루 일을 끝내는 게 얼마나 고마운 일인가. 가족 중 누가 아플 때처럼 마음이 심란할 때가 없다. 모두 함께 건강하게 오래오래 가꾸어 갔으면 하는 바람은 크지만 불현듯 들이닥치는 우환에 마음 다친 일이 얼마나 많았던가. 염려스러운 건 늘 부모님의 건강이었다. 모처럼 마음이 좋은지 어머니는 기분 좋다고 동생이 사 온 쇠갈비를 구웠다.

"형님, 맨날 먼발치로 보다가 오랜만에 보요."

"날마다 고생이다야. 각기 농사터가 다르니."

막걸리는 혼자 다 마셨다. 운전해야 하는 동생에겐 그림의 떡인 막걸리.

"혼자만 마셔 미안해분다."

부모님의 아웅다웅 소리와 동생의 이야기로 무르익던 저녁, 한 번이라도 일에서 탈출하여 넉넉한 몸으로 지내면 좋겠는데 그게 내 마음 같질 않다. 건강처럼 소중한 게 어디 있을까. 건강해야 돈도 벌고 재밌게 살 텐데. 가끔 건강을 우습게 알다가 막상 아픈 후에야 후회하는 사람을 본다.

피망 값과 쪽파 값이 아무리 좋아도 건강만 한 보증수표가 어디 있을까.

농사꾼에게는 더더욱 건강이 재산이다. 농가 소득이 아무리 올라도 허물어진 건강 앞에서는 모든 것이 부질없음을, 동네 아무개의 소식을 통해 또 듣는다.

"형님, 이참에 아버지, 어머니 제주도 여행 좀 시켜 줍시다."

"그래, 좋은 생각이네."

야무진 동생의 제안으로 아버지와 어머니 두 분이 오랜만에 봄나들이를 다녀왔다.

빈집 감나무의 항변

마을에 빈집이 하나둘 늘어 가면서 가을 무렵은 따지 않은 감들이 나무에 수북하다. 새들에겐 무한공급의 식량 저장고나 마찬가지. 텅 빈 집을 바라보며 저마다 지저귄다. '여기 누가 없소'이다. 골 팬 슬레이트 지붕으로 햇살이 주르륵 흘러내린다. 높다란 감나무에 걸린 붉은 감을 따 주던 사람은 없고 대신 감을 쪼는 새와 호시탐탐 바라보는 길고양이들이 공존한다.

빈집 담장가 감나무에 감이 올해도 어김없이 주렁

주렁 열렸다. 쌓인 낙엽과 떨어진 홍시가 썩어 거름이 되니 자급자족한 셈이다. 스스로가 과실을 떨어뜨려 내년에도 싹을 틔우고 과실을 생산해 내는 저들만의 세상은 사람이 없어도 잘 돌아간다. 따 주기를 바라는 요염한 모습으로 흔들거려 보지만 눈빛을 주는 사람이 없어 쓸쓸한 동네, 바람만 돌아다닌다.

한바탕 바람 불라치면 떨어질 것 같아 간이 벌렁거린다던 사람도 없으니 감나무는 해마다 1년 동안 품고 키워 온 감을 그냥 흙으로 돌려보낸다. 사람의 숨소리가 없어도 수많은 생명을 키운다. 진초록으로 무장한 이파리는 송충이들 밥이 되어 구멍이 숭숭 뚫리곤 하지만 가을 지나 떨어진 낙엽은 벌레들 동면의 자리가 된다.

빈집의 감나무를 보다가 집 뒤란 감나무를 바라본다. 땡감이라 주목도 받지 못하고 마냥 바람에 흔들거린다. 주목 한번 받아 보고 싶다고 더 붉게 흔들거린다. 장대로 늦가을에서 한 해를 갈무리듯 감을 딴다. 식구들 먹을 양만큼 딴다. 어떤 놈은 그냥 쉽게 장대 투망에 담겨 무사히 땅으로 귀환하지만 대부분 귀환하기도 전에 떨어져 으깨어지곤 한다.

깨어져 즙이 흐르는 감을 장갑으로 훔친다. 어디서 맞고 온 사람 상처같이 으깨어져 벌어진 틈을 바라본다. 아직 떫어 여물지 못한 속이 내다보인다. 상처는 아물어도 흔적을 지울 수 있을까. 문신처럼 남은 감을 모은다. 누가 알아주지 않아도 여물면 제때를 알아 붉어지고 떨어지는 감. 무슨 말인가 하고픈데 따 주지 않으니 떨어져 썩는다. 알아주지 못한다고 원망 꽤 하던 날들. 그러다가 자포자기해선 스스로 유기해 버린 날이 있다.

누구에게 알아주기를 바라는 건 어쩌면 욕망이 강한 탓인지 모른다. 결국 흙에 거름으로 돌아갈 운명은 감이나 생명이나 다를 바 없는데 살면서 왜 관종(관심을 받고 싶어 함)을 바라는 것일까. 그 관종의 욕망이 이들뿐일까 싶다.

유난히 관심받고 싶어 붉어지는 감들. 떨어졌다 해서 감이 사라지겠는가. 결국 감은 순리대로 순환하는 것이다. 스스로가 스스로에 농익는 시간을 가지지 못한다면 여물지 못하고 떨어진 감과 다를 바 없다. 누구를 원망하고 하는 것은 스스로가 감을 찾지 못하고 엉뚱한 데 눈총을 쏘기 때문 아닐까. 지나친 관종은 주변을 성

가시게 한다. 모임에 나가 보면 유난히 관종인 사람이 있는가 하면 조용히 모임에 조력하며 공을 돌리는 사람이 있다.

먹는 감이나 느끼는 감은 그래서 제 속의 자양분이다. 결국 내 안에 있는 것이기에 빈집의 감은 속절없이 흙으로 간다. 누구나 다 헐거운 육신을 내려놓고 가는 것같이, 삶이란 어쩌면 있는 것도 같고 없는 것 같기도 하다.

빗방울은 잔소리를 좋아해

6월 들어 모를 다 심어 놓았다. 오랜만에 휴식이라고 푹 쉬는데 장맛비가 온종일 내렸다. 우의를 입고서 삽자루를 들고 나가는 품이 영락없는 전쟁터로 떠나는 군인 같다. 군인의 총과 농부의 삽 차이는 무얼까. 군인은 나라를 지키고자 하는 애국이지만 농부는 모를 지키고자 하는 농심이다. 저 어린것들을 잘 지켜 줘야 튼튼하게 자라 실한 알곡을 걷는다.

행진이 진행될수록 빗방울이 제법 굵어진다. 여린

모가 잔뜩 흔들거린다. 도랑 쪽으로 물꼬를 내어 적당한 높이를 맞추고는 가져온 비닐로 물꼬 통로를 입힌다. 그렇게 입혀 놔야 흙이 안 쓸린다. 한참 물꼬를 다듬고 보니 계속 잔소리처럼 비가 내린다. 모가 가슴 아프지 않았으면 좋으련만.

잠시 바라보며 흘리는 한숨 소리가 크다. 연두 이파리도 한숨을 쉴까. 숨소리마저 삼키듯 요동치기 시작하는 물세례. 이러다가 가위눌리겠다.

투덕투덕 빗방울은 잔소리꾼이다. 그래도 성내는 속내가 아니라 좋고 구경할 수 있는 빗방울이라 좋다. 물세례도 두들겨 패는 비도 아니라서 좋고 농부 마음을 뭉개지 않아서 좋은 비.

마누라 있는 사람들은 참 좋겠다. 혼자 부모님과 사는 내겐 이뤄질 수 없는 일이지만 그래도 가끔 티격태격 말 폭탄을 주고받는 노부모를 통해 부부를 상상해 본다. 언제였을까. 동네 어느 집에서 별거 아닌 일로 부부가 심하게 싸웠다. 그 집 여인은 성질에 못 이겨 그만 아이를 데리고 친정으로 가 버렸다.

"뭔, 마누라가 성질난다고 애 데리고 친정으로 가

버린다냐."

시어머니인 백발성성한 할머니 입이 잔뜩 나왔다.

"뭔 일로 싸워 이 난리다요?"

이웃집 아주머니 말에 시어머니는 뾰로통한 눈빛
이다.

"난들 알겠소. 또 돈 타령, 그놈의 돈. 농사지어도 돈
은 어디 숨었는지 안 보인단께."

이틀 정도 지났을까. 그 집 아내가 아이를 데리고 돌
아왔다. 동네 아주머니들은 어깨를 다독이며 잘 왔네,
잘 왔어, 위로를 했다.

"그놈의 서방이란 것들은 돈 이야기만 하면 눈깔이
희번덕희번덕해서리. 그래도 참아야지 어쩌겠소."

비가 달콤하게 내린다. 마누라의 하소연 같은 비가
논물을 채운다. 이런 날 부침개를 부치며 쏟을 잔소리
가 정겹겠다. 사내 가슴을 적당하게 요리하는 수다를
늘어놓은 마누라 속내. 징글징글하게 들어 보고픈 그런
마누라 소리가 농촌에선 갈수록 사라진다. 사라진 게
아니라 없다. 아무도 농촌에서 살려고 생각 안 하는데
무슨.

알싸한 말이 부러운 나는 하염없이 쓸쓸하게 논을

바라본다. 저 많은 모는 홀딱 빗방울 경전을 듣는다. 빗방울은 그리 쏟으며 무슨 말을 부릴까. 적당하게 논을 채우고는 물꼬를 타고 쪼르륵 흘러내린다.

도랑으로 흐르는 물살은 잔소리가 일궈 놓은 감질나는 사랑이다. 그 물살 소리에 그때까지 조용히 있던 개구리가 울음보를 터트린다.

"개골개골, 개골개골."

저 자식 또 시작이네. 내 귀에 엄청나게 쏟아질 마누라의 잔소리 대신 막걸리 소리나 들으러 가야 할 듯하다. 모들이 잔소리처럼 토해 내는 빗소리를 듣는다.

막걸리 따르는 밤

　오전엔 겨울비가 내렸다. 참 오랜만에 겨울비를 보았다. 제법 내린 비는 그늘의 쌓인 눈을 녹이고 있었다. 그리 많은 양이 아니어서 조금밖에 녹일 수 없는 비였으나 오랜만에 만나는 비에 봄을 기다리는 마음이 한결 밝아진다.

　기다릴 수 있다는 것은 아직 그 무언가를 위해 내 마음의 한 언저리를 내어 줄 수 있다는 것일까. 오전부터 빗방울 소리를 들으며 쪽파 작업을 하였다. 어머니는 그래도 우리가 할 수 있는 데까지는 해 보자는 것인데 나로서는 어머니와 아버지의 건강이 염려되었고, 설 안에 이 작업을 마무리하기엔 시간이 촉박하다 싶었다.

동생이 하는 농사에서 모종을 얻어 벌인 쪽파 농사는 참으로 힘들었다. 쪽파 농사는 특히 대부분 쭈그려 하는 일인데 그걸 감당한다는 게 힘에 부쳤다.

한 박스에 열 단을 넣었는데 11킬로그램은 넘은 것 같다. 꽤 무거운 건 아니지만 박스에 담아서 입구까지 가져다 옮기는 일이라 그런지 집에 오니 허리가 많이 아팠다. 몸에 적신호가 왔는지 저녁도 제대로 먹지 못했다. 그 맛있는 매운탕에도 마음이 침울했다.

"아야, 많이 힘들었으니 막걸리 마시고 쉬어라."

"아녀요, 아버지. 피곤해서 막걸리가 눈에 안 들어와요."

밥을 물에 말아 대충 먹고 두통약도 한 알 삼켰다. 그리고 컴퓨터 앞에 앉아 글을 쓰려고 했지만 읽는 것도 쓰는 것도 몸이 거부 반응을 보인다.

몸이 아프면 이렇게 만사를 거부하게 된다. 내 몸과 마음이 따로 놀고 있다. 전기장판에 허리를 지졌다. 책을 펼쳐 보지만 눈엔 아무것도 들어오지 않았다. 눈이 무언가에 꽉 막혀 버린 듯하다.

내 심신을 통솔할 수 없다는 것이 사람을 참 힘들게 한다. 꿈은 맘대로 통제하지 못하지만 내 몸 정도는 내 의지로 움직이고 싶은데 마음대로 되지 않는다. 이럴 때 마음속 저 깊은 침울이 내내 내 곁을 맴돈다.

한때 나를 스스로 통제할 수 있다는 생각에 내 의지로 몸을 움직였던 때가 있었던 것도 같은데 어느 사이 내 의지를 막는 게 나였다. 내 몸은 겉돌고 있었다. 모든 시작은 의지의 능동성에서 시작된다. 무엇을 해야 하는가의 시작은 내 의식의 능동성에서 시작된다. 모든 출발점은 의지를 매개로 한다. 의지가 없는데 시작을 할 수는 없는 것이다.

어느새 그렇게 열심히 농사짓던 몸이 힘들다는 건 게으름이 느는 거다. 그 게으름을 쫓아내기엔 의지가 빈약하다.

한참을 꾸무럭대고 있는데 방문을 열고 동생이 들어선다.

"형님, 나 왔다고 했는데 못 들었어요?"

"보청기 빼고 쉬는 중이다."

"헐, 지금 일곱 시밖에 안 됐는데."

"그런데 왜 불렀어?"

"형님 좋아하는 막걸리 사 왔제. 엄니가 매운탕 했다고 해서 얼른 왔는데, 형님 생각이 나더라고."

쪽파 농사를 못 짓게 하라고 당부했건만 아버지의 서슬에 물러선 동생. 그게 난 얄미웠던 거다. 그래도 저질러진 일인데 어쩌겠나.

그래도 모처럼 동생이 와 밤새 매운탕에 막걸리 따르는 밤이 있었다.

미루나무의 추억

90년대 중반 2월에 귀농을 위해 이사한 도장골의 한옥. 첫날 부모님, 그리고 어린 조카와 온기가 드는 건넛방에서 잤다. 이삿짐을 마당에 널브러뜨린 채 육십 중반에 든 아버지와 환갑에 드는 오십 대 후반의 어머니, 그리고 삼십 대의 나와 네 살 먹은 어린 조카는 연탄 보일러 때는 방에 누워 캄캄한 어둠 속을 제각기 바라보았다.

"이백만 원만 있으면 붕어빵 장사라도 할 건데."

아버지의 한 서린 말이 어둠을 휘저었다. 빈털터리가 되어 귀농한 한옥 지붕 위로 부는 겨울의 찬바람이 매웠다.

귀농 후 처음 맞는 아침 하늘은 시리도록 맑았다. 이삿짐을 정리하기 전에 집부터 고쳐야 했다. 기름보일러로 교체하려 했지만 당장 돈이 없어 온돌을 고치지 못했다. 별수 없이 가장 시급한 게 모래와 시멘트였다. 서울로 간 누이가 보내 준 비상금으로 시멘트를 사고, 모래 살 돈을 아끼려 대촌천의 모래를 퍼 담아 날랐다. 야밤에 부모님이 제설 모래를 포대에 담아 차에 실어 오기도 했다. 요즘처럼 봉지에 담긴 모래가 아닌 바닥에 쌓아 둔 모래였으니 얼마나 힘들고 고달팠을까.

기름보일러 바닥을 완성하고 보일러를 사서 기름을 붓고, 우리는 따뜻한 방에서 밥을 먹었다. 할아버지 할머니의 고생을 아는지 네 살 조카는 묵묵히 밥을 먹었다.

다음 날 처음으로 조카 손을 잡고 도장골 입구의 다리를 건넜다. 그때는 비포장으로 방죽가에 뽕나무가 많았다. 한참을 걸었을까. 커다란 미루나무가 서 있었다.

"삼촌 저게 뭔 나무야?"

"미루나무란다. 처음 봤지."

"응, 그런데 나무가 불에 탔어."

녀석 눈 하나는 참 좋다고 하고 다가가서 보니 나무 등치가 불에 타 있었다.

거기엔 오래전부터 터줏대감으로 살아온 미루나무 한 그루가 있었다. 솟대 같은 큰 키로 하늘을 향해 뻗은 나무는 누가 방죽에 불을 질렀는지 화염에 몸이 타들어 가 있었다.

어디를 둘러보아도 저만한 크기의 나무는 없다. 근 방에서 가장 큰 나무는 멀리서 바라보아도 훤히 보였 다. 새로 얻은 논으로 향할 때도 늘 지나쳐야 했다. 어린 조카 손을 잡고 춥디추운 겨울을 지나며 봄을 맞았다.

"삼촌, 저기 봐 봐. 싹 나온다."

"와 아주 멋진 말도 하는구나."

"불에 탔는데 어떻게 살아?"

"나무 가운데 심줄이 살아 있으면 불에 타도 살아."

"신기해, 삼촌."

화염에 불탄 나무의 소생이 조카에겐 신기했다. 아 무리 험한 삶도 끈질긴 생활력만 있다면 뭔 일을 못 하랴.

아는 사람 없는 낯선 곳에서 외로움에 부대끼다가도 조카와 함께 나무 밑까지 걸어가곤 했다. 짧은 시간 돌보았던 녀석의 모습이 그 나무와 겹쳐져 어른댄다.

미루나무 우듬지에 걸쳐진 까치집은 또 얼마나 정겨웠는지. 잔가지로 얼기설기 엮어 놓은 집은 큰바람이 불어도 나뭇가지에 가려져 짱짱했다. 참 튼튼한 집 한 채를 지어 놓은 까치들. 새끼를 부화하고 키워서 떠나보냈으리라.

껍질이 벌어지고, 둥치가 새카맣게 그을렸어도 봄이면 늘 새순을 피우고, 한여름이면 뙤약볕 아래 푸른 그늘을 만들어서 농사짓는 농부들의 쉼터가 되어 주었다.

그 나무는 그렇게 오래오래 머물러 줄 것으로 생각했다. 그러나 몇 해 지나, 방죽을 포장한다는 명분으로 어느 날 포클레인은 거대한 로더로 나무를 박살 내 버렸다.

찔레꽃이 하얗게 흐드러진 초여름 어느 날, 한없이 꽃을 바라보다가 큰 소리를 내며 쓰러지던 마지막 모습을 보았다. 쓰러진 몸을 여러 번 찍어대는 동안 나무 속살이 터져 나왔는데 뜨거운 햇살에 하얗게 눈이 부셨다.

그을리고 갈라진 것과는 다르게 순백에 가깝던 속
살은 물기에 촉촉이 젖어 있었다. 내가 보았던 가장 슬
픈 나무의 하루였다. 위무가 되고 의지가 되어 주던 그
큰 고목이 쓰러져 해체되고 트럭에 실려 어디론가 가
버리는 동안 먹먹한 마음을 지울 수 없어 종일 아무 일
도 할 수 없었다.

흐르는 시간은 내게 지우라 하지만 또렷하게 음각
되어 버린 나무. 앳된 조카 얼굴이 그리울 때면, 기운이
쇠락한 부모님 모습이 도드라져 보이는 날이면 그때 그
미루나무가 더 생각난다.

"삼촌, 꼭 올게."

더 생생히 살아나는 나무 한 그루가 내 안에 우뚝 서
있다.

흐르는 것이 어디 물뿐이랴

하우스에서 봄 풋고추 나무가 무럭무럭 자랄수록 사방은 된볕 온도가 높아진다. 그러면 아침과 오후 3시 이후에나 일할 수밖에 없다. 아침 일찍 나가 하우스 일을 마치고 집에 돌아와 부모님과 점심을 먹는다.

햇살에 이글거리는 마당이 부엌 창밖으로 보였다. 자글거리며 바닥을 쪼아대는 봄 햇살. 동네 부녀회장이 보내 준 철쭉꽃이 방글거린다. 동네 입구에 심는다고 몇 개 가져다준 철쭉을 화분에 심었다.

"철쭉꽃이 이쁜 게 온 집 안을 환하게 하는구나."

어머니의 감탄에 다시 보니 철쭉에 푸른 생기가 흐르기 시작한다. 새벽녘 마지막 찬 서리에 아직 굳게 닫고 있더니 어느새 송송이 꽃을 피운다. 보통은 4월 무렵에야 피는 걸로 알았던 철쭉꽃이 빨리 피었다.

찌푸린 매화 송이들, 그렇지만 화들짝 열어젖힐 날이 머지않았다. 기다려 온 날만큼 화창할 날은 새가 울고 꽃이 피는 계절이다.

동구 밖 너머로 조잘대는 대촌천 물빛이 유들유들하다. 물줄기는 정자교 앞에서 합류한 후 유유히 흘러 산포를 지나고 금천을 지나면서 승촌나들목 부근 영산강으로 흘러든다.

대하(大河)로 나가는 길은 자잘한 곳에서 출발한다. 그러다가 물줄기는 더 넓은 강으로 바다로 향한다. 태어날 때는 어머니 배 속 태아로 십여 개월을 보내고, 세상을 접하는 울음소리로 시작한 삶의 인생 역정이 장천(長川)으로 흐른다.

하루하루 눈을 뜨고 일어나서 아침을 먹고 집을 나서면 얼마나 많은 일과 맞닥뜨리게 되는가. 따뜻한 온기가 느껴지는 집에서 먹는 밥 한 공기가 세상을 향해 우뚝우뚝 걸어가는 힘이 되는 것을. 그러니 밥심으로 뚜벅뚜벅 또 하루를 살아 보자.

물살은 흐르면서 얼마나 많은 굽잇길을 지나는 것인가. 잠잠하게 흐르기도 하지만 바닥을 긁어내는 소리로 흐르기도 한다. 매해 지대가 낮은 들녘은 물난리라는 흑역사를 치렀다. 인간이 깃들어 사는 자연은 때때로 분노로 들끓기도 했다. 그러나 물은 흘러흘러 지나온 길을 새 물에 내놓는다.

햇살 쏟아지는 마당에 멧새 몇 마리 푸드덕 내려앉는다. 밥 먹고 평상에 앉아 쉬는 잠깐 내 눈치를 보고 또 보았을 멧새들. 자기들끼리 어울려 잘 노는데 난 늘 외톨이다. 가입한 단체가 있어도 그다지 활동하지 않아 나는 존재감이 약해 보인다.

지난겨울 보이지 않던 새들이 산에서 지저귄다. 방울새, 꾀꼬리, 종다리, 휘파람새가 동네 어귀를 지저귀며 물들인다.

저 새들은 작년의 그 새들일까. 마당 평상에서 듣는 천연의 음률을 난 깨기 싫었다. 어떤 음악이 저 소리를 베낄까. 기계음이 아무리 발달한들 자연의 아름다운 음색은 베낄 수 없다. 작년의 새들이 아니어도 늘 유전되는 음색은 변하지 않는다. 그 소리에 젖다 보면 외로움도 쓸쓸함도 겸연스럽게 물러선다.

어차피 한갓진 생인 것을, 그것을 아는 까닭으로 물 흐르듯 살아간다. 어디 흐르는 것이 물뿐이랴. 세월의 흐름 속에 짧은 한생도 저리 가는 것을.

숫눈길

귀빠진 날 아침 눈이 수북하게 내렸다. 그리고 종일 눈발이 날린다. 아침엔 미역국에 밥을 말아 먹고 하우스까지 부모님과 같이 걸었다. 차가 다니지 못할 만큼 눈이 쌓인 길을 가는 동안 뽀드득뽀드득 눈 밟는 소리가 만발했다.

눈을 밟는 소리가 유난히 크다. 영하의 찬 바람이 두툼한 옷을 파고든다. 여느 해보다 추운 것 같다는 한겨울이다. 그 겨울을 나고 있는 동안 모든 것이 꽝꽝 얼어 있다. 생명의 기운이 보이지 않는 것 같다. 모든 게 굳어 버린 듯하다.

마을에 한 대 다니는 버스는 경사진 도로를 오르지 못하고 돌아서 나갔다. 차가 다닐 수 없게 되자 길은 누구의 발자국에도 밟히지 않고 깨끗하게 빛났다. 티 없이 순결하다는 말. 깨끗한 눈 위를 보면 그 무한한 광경에 압도된다. 그 압도되는 감동은 늘 오래 남아 있다. '숫눈길'이란 우리말은 또 얼마나 아름다운가.

하우스 농사를 신장동 큰길가에서 짓기 시작한 후로 방죽 너머 드들강에 가는 일이 없어져 강의 얼음 위에 쌓인 눈을 본 지가 오래다. 바쁜 일상에 매달리다 보니 강의 모습을 바라보는 여유조차 가지지 못한 것이다. 그 강의 주변으로 하천 경작지인 논에 쌓였던 숫눈이 강바람에 푸슬푸슬 일어나서 한바탕 회오리를 만들곤 했는데 그 광경을 본 지도 오래되었다. 어느 순간부터 내 마음은 그렇게 여유롭던 시간의 경이를 잊었을까.

세상일에 이리저리 얼룩지면서 본바탕의 순수함이 사라지는 것 같다. 예전엔 안 그랬던 것 같은데, 하면서 내 삶의 경로를 보면 갈수록 때에 절어 있는 것이다. 어쩌다가 여기까지 왔을까 매번 수십 번을 골똘히 생각하곤 한다. 순수의 의지를 글쓰기의 바탕으로 삼았는데 자꾸 틀어지니 이 얼마나 어처구니없는 운명인가 싶다. 운명이란 어쩔 수 없다 치더라도 노력을 통한 탈출의 몸부림은 있어야 하지 않을까.

여기저기 둘러보아도 예전의 단아하리만큼 곱던 행적이 눈에 띄지 않는다. 그러한 지금의 모습은 나의 의지가 부족해서 그렇거니 한다. 부족한 부분을 메꾸어 가는 노력을 이제라도 해야겠다.

가는 길 내내 앞서 걷는 아버지와 어머니의 속도에 맞춘 내 발걸음이 조용한 길에서 뽀드득뽀드득 울린다. 그리고 보니 뽀드득 소리를 듣는 것도 참 오랜만이다. 이제껏 길을 걸으며 이런 다정한 소리에 귀를 기울이지 못했다. 얼음에 행여 미끄러지지나 않을까 노심초사했던 기억이 완연하다.

그간 고생스러운 날이 얼마나 많았던가. 그 염려스러움이 아침부터 저녁까지 긴장의 파고를 높였다. 밤낮 경직된 피로감에 미처 주위를 살피지 못하고 한참 내팽개쳐 둔 일도 많았다. 초를 치며 살아온 것만 같은 무지렁이 삶은 엉망으로 일그러져 있다.

내게 희망이란 무엇이었을까, 그 생각을 하기는 했을까. 늘 무너질 것 같은 불안감에 휩싸여 살아왔던 게 아닐까. 그랬다. 그 불안함의 시작은 아버지의 교통사고와 사업 실패였다. 항상 평온할 것이라고 믿었던 1982년의 겨울은 내게 시련의 첫 장이었다. 그 첫 장에서 시작되어 걸어온 무수한 수레바퀴 세월은 수많은 기회와 상실의 시간이기도 했다.

누구에게나 시련은 기회와 절망을 동시에 가져다준다. 그것을 운명의 탓이라고 섣불리 포기하는 데서 기회보단 좌절이 더 쉽게 우리의 운명을 결정해 버린다.

앞으로의 길 역시 끝없는 반복의 물음과 선택일 것이다. 하얗게 펼쳐진 길을 단정히 밟고 가는 부모님을 본다. 그 발자국에 나도 모르게 경의를 표한다. 맵시 있는 발걸음을 따라 내 남은 걸음을 다 밟아 가고 싶다.

고단한 생애를 잠시 흰 눈길에 맡기고 한 발자국 두 발자국 걷는다. 마냥 내리는 흰 눈길을 걸어가는 동안 세상은 참 고요하다는 것이 새삼스럽다.

*

실을 푸는 것이나 매듭 끈을 풀어내는 것이나 상대의 고집을 풀어내는 일 같다. 어떻게 보면 하찮은 일 같기도 하다. 그래도 살살 풀어내는 여유로움이 그 어느 곳에서든 필요하다. 작물과 대면하는 동안 얼마나 많이 살펴보고 어루만져 주는가에 따라 작물 수확의 성패가 좌우된다. 어찌 농사일뿐일까.

4부

강변에서 그리움을 짓다

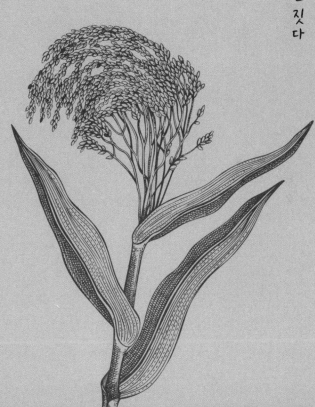

마음을 헤아려 보는 눈

　디지털카메라가 처음 나오던 2000년대 벽두에 우연히 형님이 준 삼십만 화소짜리 디카는 내 삶의 전환기가 돼 주었다. 형님은 일에 쌓인 스트레스를 곧잘 술로 풀어 버리는 내가 안타까웠는지도 모르겠다. 농사일에 찌들어 늘 어두운 얼굴로 돌아오던 내게 그것은 일종의 탈출구가 되었다.

　당시 어느 문예지에 신인 추천을 한 번 받은 후 글을 멀리하고 담쌓은 상황이었다. 그런데 신통방통한 디카를 접하니 폴짝폴짝 뛰고 싶은 마음이었다. 얼마나 신났으면 밥 먹는 것도 잊고 디카질에 몰두했던가. 사십 줄에 선 어른의 마음이나 아이들 마음이나 무엇이 다르랴 싶었다. 보이는 것마다 무조건 카메라 단추를 눌러대기 바빴다.

일하다가도 장갑을 벗고는 호주머니 속에서 디카를 빼선 찍기에 열을 올렸다. 삽질하는 장면이며 모내기하는 풍경, 짙푸른 산이며 나무와 강가, 그리고 억새와 갈대, 사람들 표정 하나하나 놓치지 않고 담고자 했다. 여기저기 돌아다니며 보이는 것 모두 다 카메라 안에 담아 두고 싶었다.

겨울의 스산한 논이며 앙상한 갈대, 억새, 그 대상을 맞대고 누운 들의 침묵이라든지 그 침묵을 깊숙이 들여다보는 듯한 하늘, 귀밑을 얼릴 듯한 매서운 겨울바람이 지나가는 드들강의 얼음, 윙윙대며 내 속의 모든 것까지 다 꽁꽁 얼어붙게 하려고 작정한 공간에 야심 차게 들어섰다가 감기로 된통 혼나던 겨울날도 추억의 한 장이었다.

겨울 숲속엔 다 헐어 버린 갈참나무의 앙상한 몸뿐이었다. 조금 올라서면 푸른 솔과 맞닥뜨리면서 나타나는 무덤들. 그러고 보면 이 시골에 사람보다 더 많은 게 무덤이라는 씁쓸한 넋두리를 들은 것도 오래전 일이다. 어쩌면 인간사의 이력이 저 봉분 하나로 마무리되는 게 아닐까.

주워 담듯 찍어대던 사진을 컴퓨터를 통해 온라인에 올리고 나면 보는 사람들이 감탄사를 터트리곤 했는데, 그때처럼 기분 좋았던 때가 또 언제 있었을까. 삶과 공간의 여러 흔적을 좇아다니는 일이 그토록 신바람 났지만 아쉽게도 그러한 여유를 자주 맛볼 수는 없었다. 일에 치여 살아가는 탓에 전문가용 사진기를 들쳐 메고 수시로 산과 강을 찾아갈 형편은 아니었다. 그렇지만 작은 여유로도 나는 만족하기로 했다. 모험하기엔 시간이나 건강이 허락하지 않았기에 취미 정도로 여겼다.

한번은 홍수에 하우스가 잠겼는데, 피해 작물을 찍어 달라고 아버지가 부탁해 왔다. 나는 한 장면도 여러 장 찍는 습관이 있어 그렇게 사진을 찍는데 아버진 "아야, 필름 아깝게 같은 것을 계속 찍은다냐" 하신다. 아버진 디지털카메라를 이해하지 못하고 옛날 필름 카메라를 생각했던 모양이다.

"아버지, 요건 필름 카메라가 아니라 저장형 카메라

라 아무렇지도 않아요" 하면 "그러냐?" 한다. 그러곤 침수된 하우스를 보며 시름에 잠기었다.

그래도 피해 상황을 찍은 사진을 전송해 보상을 받아 낼 때면 아버지는 그게 내 공로라고 칭찬해 주니 사진 찍는 일이 즐거웠다. 또, 문학 모임이나 행사 때마다 사진을 찍는 기쁨이 있어 좋았다.

"여행에서 남는 그것은 사진이다"라는 어느 사진작가의 글이 내 마음에 남아서 그땐 더 그랬다. 내가 여행을 한 건지, 카메라가 여행하는 건지 나는 어디를 가도 물질적 욕망 여하에 따라 진화해 온 디카를 들고 돌아다녔다. 그런데 어느 날 컴퓨터가 바이러스 군단에 의해 점령되고 그동안 저장해 둔 사진들을 속수무책으로 몽땅 잃어버렸다. 얼마나 허망한 일이던가. 요즘엔 많은 용량을 저장해 두는 웹 공간이 있어 원본을 저장하기가 쉬워졌으나 당시 상황은 달랐다.

한번은 우연히 중고 서점에서 고 김영갑 선생의 『그섬에 내가 있었네』를 구해 읽게 되었다. 제주에서 활동한 김영갑 작가는 사진 작업에 몰두하다가 루게릭병 진단을 받고 끝내 운명하였다. 그분의 사진 한 점 한 점은 마치 영혼을 찍은 것처럼 감동적으로 다가왔다.

　제주도의 절경은 김영갑 선생의 투혼을 통해 더욱 빛나고 있었는데, 사진은 거의 1980~1990년대를 배경으로 하고 있다. 모진 비바람과 혹한을 견디며 밥값으로 필름을 살 정도로 뜨거웠던 선생의 창작 의지는 시간이 흐를수록 더 고귀하게 느껴진다. 선생의 병이 깊어져 더는 몸을 쓸 수 없을 무렵 제주의 한 폐교를 갤러리로 만든 것이 현재의 '두모악' 기념관이다. '두모악'엔 지금도 많은 사진 애호가들이 들렀다 간다는데, 나도 언젠가 꼭 들러 보고 싶은 곳이다. 선생의 사진과 글을 접하고 나서 더 절절히 느끼는 점이 '그저 사물을 찍어대는 것으로 만족해서는 안 된다'는 것이다.

　카메라 기능이 진화되어서 요즘은 스마트폰으로도 전문가 수준의 사진을 찍는 시대다. 무거운 카메라를 가지고 다니지 않아도 간단한 보조 기구만 가지고도 좋은 사진을 많이 얻는다. 그러나 사진은 아무렇게 찍어대면 오래 남지 않는다. 아버지 말씀처럼 "뭔 사진을 쓸데없이 찍냐"는 역정을 듣기 쉽다.

　상대를 향해 사진을 찍는 경우에는 당연히 허락을 받아야 한다. 찍어 주길 요청한다면 몰라도 요청이 없는데도 일방적으로 찍으면 예의가 아니다. 사진을 찍다 보면 의외로 상대가 거부하는 일이 많다. 나도 사진을 많이 찍긴 하지만 상대를 사진에 남기지는 않는다. 더구나 음식을 먹는 장면이나 노래 부르는 장면은 그래서 더 자제하고 기록으로 남길 상황에서만 찍는다. 그러기에 찍는 사람으로선 그 상대의 마음을 살펴서 이해해야 하는 것이 옳다. 무조건 찍으려 했다가는 화를 초래하는 경우가 있다.

한번은 어느 행사의 사진을 찍어 홈페이지에 올렸는데 사진이 맘에 안 들었는지 연락이 왔다.

"선생님, 제 얼굴이 이상해서 좀 내려 주시면 안 될까요?"

상대의 요청이 오면 앞뒤 안 보고 내리는 스타일이라 곧바로 내렸다. 상대를 배려한다면 상대가 원하지 않는 상황을 만들지 말고 늘 겸손해야 할 필요를 느낄 때가 많다.

여행을 좋아하니 어디를 가든 디카가 나의 손이 되지만 나의 마음으로 상대의 마음을 읽는 그런 촬영의 자세가 필요함을 느낀다. 그것이 내가 디카 사진질 남용을 자제하게 된 이유가 된 것 같다.

여행은 눈으로 보는 것이 아니라 마음으로 그리고 귀로 듣는 것이다. 어디를 가든 디카에 의존한 추억의 재생보단 마음으로 보고 귀로 들은 기억을 고스란히 내 생의 끝까지 가지고 가고 싶다. 수많은 시간 동안 나를 거쳐 간 디카들에는 하나같이 나의 흔적이 고스란히 담겨 있다.

시간이 흐르면서 다양하게 진화하는 디카를 바라보며 이제는 삶 또는 사물의 마음을 헤아리는 눈으로 사진을 찍고 싶다.

줄을 풀며

비닐하우스란 게 항상 그대로 오랜 세월을 함께하지 않는다. 비닐도 비바람과 햇볕에 낡고 찢어진다. 더욱이 새들이 하우스 비닐지붕 파이프에 앉으면 새 발톱에 의해 비닐에 구멍이 나기 일쑤다. 비닐을 교체하려면 먼저 줄을 풀어야 한다.

낡아 찢어진 하우스 비닐을 교체하기 위해 하우스 매듭 줄을 푸는 일은 시간이 많이 걸린다. 하나하나 풀어내야 하므로 하우스 비닐 바꾸기 작업 중 가장 긴 시간을 필요로 한다. 풀어낸 후 비닐을 교체하고 다시 묶는다. 줄을 풀 때는 쇠고리라는 꼬챙이로 풀어낸다.

오랜 시간 비닐을 꼭 매 왔던 줄은 비와 바람에 견고하게 꽉 앙다문 듯 꿈쩍하지 않는다. 꼬챙이로 단단히 묶인 매듭을 조금 건들면 벌어진 틈이 생긴다. 그 틈에 꼬챙이 고리를 넣어 당기면 꽉 묶인 줄이 풀린다. 묶었던 줄을 보면 그간 빗물에 엉긴 흙과 풀뿌리가 묻어난다. 비가 올 때마다 고랑에 물이 차면서 풀뿌리며 흙이 더덕더덕 묻은 것이다. 그것을 하나씩 풀어 나가는 동안 무수하게 많은 줄이 풀어져 고랑을 채운다.

꼬장꼬장 꽉 매인 줄을 풀다 보면 그 줄 하나하나가 고집불통으로 탐탁지 않은 기분을 가지고 있는 것 같다. 오래 묵은 것일수록 완고하다. 하나하나가 무수한 고집들과 대면하는 것 같아 곤혹스럽기도 하지만 한편 오기도 발동한다. 네가 이기나 내가 이기나 어디 한번 겨뤄 보자는 듯 단단하게 묶인 곳을 쑤시고 헤집다 보면 완고하던 줄이 술술 풀린다.

억지로 풀다 보면 줄 끝에 보푸라기가 일어난 게 드문드문 나온다. 빨리 끝내고 가야지 하는 성급함이 앞선 경우다. 그럴 때면 오래전 비닐하우스 풋고추에 줄을 치다가 실이 얼크러져 있을 때 어머니가 해 준 말이 떠오른다.

"아야, 살살 아기 어르듯 해라. 그렇게 억지로 하면 된다냐."

일할 때마다 난 어머니가 조곤조곤 알려 준 말을 떠올린다. 무슨 일이든 차근차근 진행하는 것이 순서가 아닌가 싶다. 열에서 하나가 잘못되면 그 열까지 일은 허사다. 매사 서두름이라는 감정이 앞서 해 오던 일이 엉뚱한 방향으로 진행되어 결국 생각과 다른 결과에 실망하거나 좌절해 버린다. 원하지 않은 결과는 일을 차근차근하게 하지 않은 데 있는 게 아닌가 싶다. 하찮은 것이라도 대수롭지 않게 여기지 말아야지 하면서도 대충 넘어가는 경우가 많아 여러 번 실수를 반복하기 일쑤다.

실을 푸는 것이나 매듭 끈을 풀어내는 것이나 상대의 고집을 풀어내는 일 같다. 어떻게 보면 하찮은 일 같기도 하다. 그래도 살살 풀어내는 여유로움이 그 어느 곳에서든 필요하다. 작물과 대면하는 동안 얼마나 많이 살펴보고 어루만져 주는가에 따라 작물 수확의 성패가 좌우된다. 어찌 농사일뿐일까. 살아가는 동안 마주치는 무수한 부딪침 속에서 가져야 할 자세가 아닐까.

언제 다 할까 막막하게 느껴지던 것도 잠시, 이제 술술 풀리는 일처럼 풀린다. 하다 보니 어느새 해가 뉘엿뉘엿 떨어지는 저물녘이다. 비닐하우스 지붕을 붉게 물들이는 놀이 출렁인다. 풀어진 매듭이 사라지니 그간 꼭 묶여 있던 낡은 비닐이 바람에 너풀댄다. 보통 비닐은 3~4년이면 낡아서 바꿔야 한다. 작물에 요구되는 일조량은 비닐의 투명성과 직결된다. 특히 딸기, 고추, 파프리카, 피망 등 열매 작물은 햇빛을 매우 필요로 해서 투명성을 유지해야 한다.

일반 잎채소류 같은 경우는 4~5년에 한 번 비닐을 교체하는데, 비용도 만만치 않아 비닐이 찢어지거나 하지 않으면 7~8년까지도 쓰는 사람이 있다.

"아야, 너무 늦었다. 내일 해라."

아버지 부름에 남은 일은 내일로 남겨 둔다. 일에 몰두하다 보면 시간 가는 줄 모른다. 혼자라는 생각도 들지 않고 끝내고 갈 생각뿐이다. 그렇게 하루 일을 술술 풀다 보면 마음이 편해진다. 얽히지 않을 일상을 위해 마음을 바르게 한다.

일을 마치고 나오니 어느새 사방이 어둑해졌다. 돌

아가는 발길은 따뜻한 밥내가 스며드는 어둠 속으로 향
한다.

우러나는 향이 오래 남는다

농사일 마치고 돌아오는 밤이면 습관처럼 마시는 커피. 일하고 돌아온 사람에게 가장 편리한 봉지 커피는 농촌 사람들에게 애용된다. 뜨거운 물에 간단히 넣어 마시는 일명 '다방커피'는 집에서나 농장에서 늘 환영이다. 그런데 한국작가회의 여러 선생님과 교우하면서 차를 달이는 모습을 자주 접하게 되었고, 그 이후 차를 본격적으로 즐기게 되었다.

아는 선생님이 모처럼 해남 김남주문학제에 가자고

해서 차를 타고 동행했다. 처음 가 본 김남주 시인의 생가에서 열린 문학제. 그때 한쪽 방에서 다례를 차려 차를 달이는 여러 문인을 보았다. 차를 우리는 여러 복잡한 과정을 실제로 보니 차 한잔에도 많은 노고가 깃들었음을 느꼈다. 그 다례를 보고선 차에 관한 생각이 많이 바뀌었다.

여러 절차를 거쳐 조그만 잔에 따르는 차 한잔은 그만한 예의가 깊다. 물 한잔이란 생각보단 그 차 한잔을 내놓기까지의 정성을 읽는다. 정성이 밴 차 한잔엔 삶의 질곡이 스몄다.

차를 끓여 마시는 일은 먼저 물을 끓이는 일부터 시작한다. 끓이는 물을 무엇을 쓸 것인가도 중요한데 찻물은 깊은 우물물일수록 좋다고 한다. 그만큼 깨끗하여야 한다는 것이다. 이를 성심이라 한다. 사람의 마음으로 본다면 진솔함이다. 솔직한 성품이 우려져야 그 사람의 성품이 좋음을 보는데, 찻물 또한 이와 같다.

차를 끓이는 사람은 몸과 마음을 바르게 하여 깨끗한 다기(茶器)에 깨끗한 물 끓인 것을 따른다. 신선한 찻물을 데워 찻잎을 띄우고 하는 부수적인 절차들을 보고 있으면 예의 실천이 얼마나 어려운가를 알 수 있다.

차를 끓이는 사람을 보면 성심이 가득하다. 순간순간 태도마다 그윽함이 배어 있다. 어쩌면 차는 마시는 게 목적이 아니라 차를 끓이는 모습을 보고자 여행길에 들른 것 같다.

해마다 들러서 본 김남주문학제의 한 풍경은 차의 진수를 보여 주는 시간이다.

해남의 환경을 보면 차 문화와 무관하지 않다. 해남에는 큰 고찰이 두 곳 있다. 대흥사와 미황사는 천년을 넘는 세월 동안 해남에 차 문화를 정착시켰다. 바다와 접해 있으면서도 어업보다는 농업이 발전한 지역으로 이 두 사찰을 둔 때문에 다른 지역과 달리 차 문화가 발전했다. 그 차 문화를 직접 체험하면서 차를 사랑하는 사람의 성심을 읽었다.

차를 마시기 위해서가 아니라 한잔의 차가 내게 다가오는 과정을 보면서 제대로 살아가는 법을 배운다. 제대로 산다는 것은 무엇일까. 욕심부리지 않고 적당한 삶을 누리는 것이다. 글 또한 그런 것이다. 아무렇게나 배설해 버리는 글보단 진솔함으로 쓴 글이 독자에게 큰 공감을 불러일으킨다. 그 공감의 파장은 결국 글쓴이의 성심이 얼마나 깊은가에 달려 있다.

차를 끓이는 순간은 짧으나 우러나오는 향은 오래 남는다. 정성스런 차의 예법을 통해 사람의 진솔함을 느끼는 순간이다. 그 차 한잔으로 내 속을 차분하게 가라앉힐 수 있어 좋다.

인연은 강물같이

초저녁에 일찍이 자는 버릇은 농사를 지으면서 생겼다. 하루 일을 끝내고 돌아오면 바쁘게 씻고는 저녁을 먹은 후 바로 잔다. 세상일을 잊고 꿈속을 돌아다니는 게 가장 좋았다. 아홉 시 못 되어 자고 일어나면 새벽 세 시 무렵이다. 어떨 땐 그 시간보다 더 빨리 일어난다. 잠에 깨어 일어나 부엌으로 가면 사방이 컴컴하다. 하루 힘든 일에 고생한 부모님의 거친 숨소리만 들린다.

처음 이곳에 올 때만 해도 건강하던 부모님은 정착

하는 과정에서 아버지는 폐부종으로 병원을 들락날락
하고 어머닌 어머니대로 인공관절 수술에 이어 심장박
동기까지 달고 사는 종합병원 환자다. 그런데도 농사에
대한 애착은 매우 강하다. 부모님의 숨소리를 듣노라니
오늘도 내가 최선을 다해야 한다는 생각뿐이었다. 그런
데 늘 무언가 놓친 기분이랄까. 최선을 다하지 못한 일
이 부모님 마음에 옹이가 된 건 아닌지 돌아본다.

등골에 아쉬움이 끈적끈적하다. 땀이랄 수도 없는
적막감 같은 게 밀려온다.

커피 한 잔을 끓여 내 방의 컴퓨터 앞에 앉는다. 초
창기는 데스크톱용 컴퓨터라 자주 고장이 났다. 익명의
바이러스에 망가진 하드디스크만 해도 몇 개가 되는지
모른다. 그럴 때마다 그 안에 저장해 둔 사진이나 글을
잃어버려 느끼는 낙담이 참 컸다.

카페나 블로그가 생기면서 이런 낙담을 많이 해결
했다.

새벽엔 카페에 들어가 글을 쓰는 일이 많았다. 그런
데 잘 정리하지 않는 습관 때문에 늘 어수선하다. 어디
서부터 먼저 시작해야 할지 모르는 경우가 많다. 어떤
분은 글을 쓰고 나면 정리도 깔끔하게 한다는데 나는

써 놓고 한참 지나서 본다.

이런 '난감함'은 본래 게으름이 키워 놓은 망아지와 다를 바 없다. 그 망아지를 잘 길들여야 하는데 그렇지 못하고, 매사 뭔가를 단정해 버리는 버릇은 금물인데 이게 꼭 매번 달라붙는다.

요즘 들어 감나무 이파리를 보면 주절거리는 입 같다. 입들이 툭툭 떨어지는 감나무 아래 앉아 붉은 감을 본다. 입인지 잎인지 모를 내 속이 알록달록해진 것 같다. 무슨 사연이라도 은근히 품고 있는 것일까. 알다가도 모를 말을 행간에 썼다 지웠다 하느라 가지가 비워진다.

파지 같은 잔해가 나무 아래 쌓인다. 한여름 땡볕에 달구어졌다가 흙빛을 닮아 버린 입 또는 잎이 한 계절을 통과해 온 노련한 이력을 보여 준다. 한 입을 거두어 보면 해묵은 여정도 만만치 않은지 구멍이 숭숭 뚫려 있다.

아직 꿈틀대는 벌레 하나가 힘없이 달라붙어 있는데 입바람으로 훅 부니 맥없이 떨어진다. 다가오는 겨울을 직감하고 변태하느라 고치를 만드는 중인데 입바람으로 떨구어 놓는다. 그래도 저 벌레는 동면을 위한

자리를 만들 것이다. 나무와 풀과 벌레가 겨울 앞에서
가지를 비우고 누렇게 삭고 동면을 위해 변태를 한다.
계절의 순환은 결국 저마다의 생존의 법칙이다.

아는 형님은 내게 왜 새벽잠이 없냐고 묻는다.

"뭔 잠을 초저녁에 자서 어둑새벽에 일어나는가?"

"농사지으면서 생긴 잠버릇이라 그래요."

"그래도 그렇지, 나이는 나보다 한참 어린 사람이
벌써 노인 냄새 풍기면 못쓰네."

"글 쓰는 데는 그만한 시간이 없는데요."

"이 사람아, 그게 말이 되는가. 몸도 시간에 맞춰 줘
야 더 건강하고 주름살도 안 생겨."

형님은 내가 늙은 내 솔솔 피운다고 뵐 적마다 충고
한다. 내가 생각해도 이건 좀 심한 버릇이다. 차라리 불
면을 앓는다면 모르겠는데 새벽잠이 없다는 건 그리 내
세울 일이 아니다.

부질없는 생각이 벌인 결과라고 본다. 진물 나는 감
도 새 떼나 벌레들도 계절과 시간에 비추어 변화한다.
잘 때는 자고 일할 때는 일하는 삶이 긴요한데 내 속을
아는지 모르는지 내 마음을 두룸박으로 묵묵히 끌어 올
리는 불빛이 가득하다. 일을 끝내고 잠시 들르던 강변

도 어느새 치렁치렁한 억새가 꽃을 하얗게 올렸다. 저 억새의 마른 이파리에 달라붙어 동면하는 벌레들과 그 안에 겨울을 보내는 철새들이 있다.

이젠 되도록 늦게 자려 노력한다. 그래도 늘 다섯 시 즈음에 일어난다. 그것은 변할 수 없는 습관 같다. 한번 붙박인 것처럼 오지게 딱 틀어 앉았다. 오나가나 강물 은 늘 스산하지만, 묵묵히 흐르는 물살은 끈끈한 인연 같다. 끊이지 않은 인연만치 아름다운 건 어디 있을까. 그 물살에 떠도는 햇살 같은 온기로도 이 겨울 든든하 게 보낼 것 같다.

홈페이지 홈지기 되기

하우스 풋고추 따기로 한창 바빴는데 집에 돌아와서야 핸드폰을 가져가지 않은 걸 알았다. 일 속에서 사느라 핸드폰도 까먹고 있었다. 일밖에 모르는 사람이라고 낙인찍혀 전화 올 사람도 없으니 핸드폰이 무용지물이다.

핸드폰을 보니 세설원 선생님으로부터 전화가 와있었다. 광주 쌍촌동에서 담양으로 거처를 옮긴 뒤로 사모님이 벌인 효소 음식 일에 조금이나마 도움을 줄

만한 홈페이지를 만들고 싶다고 했다.

난 돈 드는 홈페이지를 만든 것보단 포털 사이트에 카페를 내는 게 어떠냐는 제안을 하고, 카페를 만들었다. 그런데 그 카페를 개장하는 일도 일이지만 선생님이 원한 건 홈페이지였다.

언젠가 내가 네이버가 제공하는 무료 홈페이지를 이용하는 모습을 보곤 그런 부탁을 한 거다.

"난 세설원도 세설원이지만 창작촌 홈페이지가 필요해서 그러네."

그 무렵 선생님은 창작촌에 관심을 보였다. 담양의 서식처가 너무 커서 고민하던 참에 마침 한국문화예술위원회에서 창작촌 모집을 한다고 해서 지원하였는데 조건에 홈페이지가 필수였다.

선생님은 왜 하필 내게 그런 부탁을 했을까. 선생님은 내가 귀농 이전에 다니던 직장이 컴퓨터 회사였다고 하니 홈페이지 정도는 만들 수 있을 것이라는 생각을 한 건지도 모르겠다.

그땐 삼십 후반이라 컴퓨터에 관한 지식이 살아 있을 때였다. 그런데 하필 농사일에 바쁜 내게 홈페이지를 만들어 달라 하다니.

"호스팅비 같은 건 내가 줄 테니 자네는 홈페이지만 만드소."

선생님 부탁에 미래의 창작촌이 될 담양에 들렀다. 선생님의 안내로 여기저기 사진을 찍었다. 선생님의 생각을 듣고 돌아와 몇 날 며칠 밤마다 홈페이지를 생각하며 지냈다. 마침내 초안을 만들어서 호스팅 회사를 정하고 개봉박두를 향해 열심히 진행하였는데 사건이 생겼다.

농사일도 일이지만 밤잠도 제대로 못 자고 하는 일에 스트레스를 받았는지 맹장염이 터졌다. 결국 광주 시티병원에서 수술하고 입원해 있는데 선생님이 전화를 주었다.

"힘들게 해서 미안하네. 다른 데 부탁해 볼게."

힘없는 선생님 말에 매우 미안했다.

"아이고, 선생님! 다 만들었는데요!"

"그래, 그래. 고마워. 몸조리 잘하고 보세."

담양 창작촌 홈페이지는 그런 과정을 통해 세상에 태어났다. 물론 그 후 과정에서 괜한 업데이트로 입방아에 올라 눈총을 받기도 했다.

선생님에게 말하진 않았지만 모 작가가 내 메일로

항의까지 해 와 쩔쩔매던 일도 있었다. 그 일은 좀 송구스러웠지만 그래도 홈페이지 만드는 작업은 내가 뭔가를 할 수 있어 행복했다. 선생님이 그 행복을 내게 주었다.

지금도 홈페이지는 별 탈 없이 입주를 원하는 작가들에게 많은 사랑을 받는 중이다.

"김 시인, 그냥 놔둬 버려. 뭘 업데이트한다고 홈을 결딴내고 그래."

더 좋은 환경을 제공하려 했다가 되레 엉뚱한 오류로 진땀 흐르는 날이 많았다. 이제 홈페이지에는 창작촌과 관련된 이야기만 올릴 뿐, 오롯이 찾아오는 작가들의 공간이다. 선생님이 계속 창작촌을 운영하는 동안 홈지기도 늘 함께 있을 것이다.

바람에 고개를 숙이는 까닭

2월의 하루가 바람에 휩쓸린다. 겨울을 봄에 이월하려는지 2월부터 바람이 많이 분다. 그런데 이렇게 모질게 불어닥치는 바람은 도무지 경험하지 못한 것 같다. 원래 꽃샘추위 무렵에 바람이 많이 분다. 그러니까 2월 말에서 3월 중순 사이에 바람이 가장 많은데 2월 중순이 못 되는 지금 강풍에 들녘의 모든 것들이 떨고 있다.

동네 산 대나무들이 꺾일 듯 비명을 지른다. 바람이 도통 못살게 구는지 어떤 대나무는 뚝뚝 부러지는 소리

가 났다. 관절이 뚝뚝 분질러 나가는 그 절(節)마다 바람
이 괴성을 질러댄다. 좋아서 미치겠다는 표현이다. 뭐
가 그리 좋을까. 소나무 가지들이 툭툭 분질러지고 아
직 앙상한 갈참나무 가지가 워, 워, 워 바람몰이를 한다.

신나는 람바다 춤을 추는 것도 아닌 이 심통 사나운
바람몰이에 성가시기만 하다. 하루 일을 저당 잡히는
것도 아쉬울 판에 하우스들이 바람에 견디지 못해 지르
는 비명은 참으로 끔찍하다. 저러다가 왕창 찢어져 버
리는 건 아닐까. 근심과 근심이 버무려진다.

이참에 비닐을 새로 갈아 놓은 우리 하우스도 아슬
아슬한 경지를 연출하고 있다.

"설마, 새 비닐로 쫙 갈았는데, 찢어지겠습니까."

우리 옆 단지 하우스 농사를 짓는 아재의 말이다.

아재는 이 터에서 하우스 농사를 지으며 내가 유일
하게 농사 정보를 교환하며 허물없이 따르니 부모님과
도 친하다. 어느 사이 아재도 우리 하우스를 번갈아 다
니며 우리더러 걱정은 딱 잠가 부란다.

그 아재가 이번 비닐을 새로 교체하는 작업에 함께
애썼는지라 걱정은 하지 말라고 신신당부를 한다.

이 2월의 바람에 부모님이나 나나 다 이골이 나 있

다. 노지의 월동 무가 한참 유행하던 90년대 후반과 2000년대를 통과할 무렵에 노지 월동 무를 터널로 재배했는데 농가 수입이 짭짤하였다. 처음 마지기당 백만 원을 호가하던 시절이 있었고, 거기다 인건비나 거름, 종자, 비닐 등 투입되는 자재비가 높지 않고 정부의 보조금이 있어 호사로운 시절이었다. 그만한 농가 수입원을 찾기란 드물었다.

특히 영산강을 낀 경작지에서 생산된 봄무는 전국적으로 명성을 얻고 있어서 무 한 개가 만 원 하던 시절이 있었다. 그 무를 생산하는 데는 영산강 유역의 기름진 땅이 큰 역할을 했다.

그런데 강가 주변을 배경으로 농사를 짓다 보니 연일 바람과의 사투를 하루의 전쟁으로 삼았다. 터널 비닐이 바람에 못 이겨 벗겨지면 삽을 들고 출동해야 하는 게 그날의 일이었다. 보통 바람이 점심을 지나 오후 2~3시가 지나면 절정에 달한다. 문제는 비닐을 덮어 두지 않으면 찬 서리에 작물이 얼어 버린다는 것이다. 그 작물을 보호하기 위해 당시 농사를 도왔던 형님이나 동생의 노고는 이루 말할 수 없었다. 부모님 고생 또한 더 말할 것도 없다. 이러한 바람과의 전쟁에서 작물을 지

켜내면 4월에 이르러서야 비닐을 벗기는 것으로 사투
는 끝났다.

강바람이 저돌적이고 강렬하다는 것을 알지만 농
사를 짓는 처지에선 그 바람을 향해 나 또한 강해져야
했다.

봄무 농사는 3년 정도 그럭저럭 해 먹었는데 2004
년에 들어 제주 무의 출현으로 영산강 주변의 봄무 시
세가 추락하고 온난화로 인한 작물의 생리 이상이 농
사를 망치기 시작하더니 이후 3년 동안은 추대(抽薹)로
인해 작물 가치가 하락하면서 나주평야의 봄무 재배는
전설이 되어 버렸다.

거기다가 치솟는 인건비, 종자, 비닐, 거름 등 고물가
로 봄무를 재배할 수 없었다. 그 후로 봄무는 하우스에
서 이모작 형태로 거쳐 가는 작목이 되었다.

바람은 많은 것을 휩쓸어 가는 듯하지만 그 바람에
맞서는 강한 자신감을 배운다는 건 삶에서 값진 교훈이
다. 위기를 기회로 찾아가는 농사는 늘 희망이다. 농사
가 희망이 되지 못한다면 농사를 짓는 내내 힘들다.

오늘 몰아치는 바람을 보면서 힘들었던 지난 시간
을 떠올린다. 몰아치는 바람에도 꿈쩍 않고 버티는 하

우스를 보면 세파에 휩쓸려도 마음 한자리는 어떤 힘든
일에도 흔들리지 않는다는 것을 날마다 배우고 산다.

남평장에서 돈 사기

겨울에는 안개 낀 날이 많다. 메주콩과 서리태콩, 마른 콩깍지를 털고 얻은 콩은 합쳐서 다섯 말이었다.

콩깍지 터느라고 연일 뿌연 먼지 속에서 살았다. 어머니와 내가 오후 바람이 부는 날을 골라 탁탁 털어 낸 콩. 마지막으로 콩깍지에서 떨어진 콩과 불순물을 거르고 말린 것을 포대에 담으니 다섯 말이었다.

안개가 짙은 날, 어머니는 아버지에게 닷새마다 서는 남평장에 가자고 했다.

"가서 돈 사야겠소."

"그러세."

"일찍 가야 장사꾼들이 있어라우."

"알았네."

나는 창고에 넣어 둔 콩 중 서 말만 실었다. 나머지는 메주를 쑤고 또 잡곡밥에 섞어 먹는 데 필요해서다.

"근데, 엄니. 뭔 돈을 사?"

"다 알면서 그러냐. 콩 팔러 간다는 거지."

"심심하니까 물어본 거여."

가끔 이렇게 농담을 던져야 분위기가 좋아진다. 시장 입구에 내리자마자 어디 숨었던지 할머니 두 분이 쪼르륵 달려왔다.

"뭐다요?"

"올해 턴 콩이어라."

할머니들은 포대를 끌러 한참 뒤적이더니,

"아직 덜 말랐구먼. 그래도 봐준께 되당 오천 원에 합시다."

순간 어머니 얼굴이 일그러졌다.

"뭐라고라, 다시 가져갈란께 주시오."

"아따메, 왜 그러실까. 그것도 잘 쳐 준 건디."

실랑이 끝에 칠천 원에 낙찰을 봤다. 어머닌 연신 팔천 원을 고집했지만 요즘 콩이 많이 나와 그렇게 비싸게는 못 준다고 한다.

와중에 내가 한소리를 했다.

"할머니, 뒤지게 일해서 요것밖에 안 되면 콩 농사 어떻게 짓는대요."

앓는 소리를 했지만 속으로는 웃었다. 그땐 콩값이 별로여서 육천 원 정도가 적당했다. 가져올 땐 어떻게 다 팔고 돈 사나 했는데 어머니 얼굴이 환했다.

애초에는 아는 곡류 가게에 팔려고 했는데 차에서 내리자마자 몇몇 상인이 다가왔다. 그들과 흥정해서 팔게 된 것이었다.

"오늘은 거시기 상회는 좀 피해서 장 보자."

"왜요?"

"원래는 거기다 팔기로 했거든."

그래도 팔고 나니 홀가분했다. 조금 기분 나쁜 건 한 할머니의 값을 깎는 수법 때문이었다. 덜 말랐다고 깎으려 들다니. 차라리 콩 시세가 안 좋은 걸 탓했으면 봐주려 했다.

서 말을 시장 안 가게까지 가져가는 고역을 면해선

지 홀가분했다. 시장을 돌다가 신발 가게에서 발걸음을 멈췄다.

"아야, 인자 본격적으로 겨울이니까, 털 장화 사자."

부모님 것과 내 것을 사 들고 나오면서 콩나물과 두부도 샀다. 내가 두부를 좋아하는 터라 어머닌 장에 올 때마다 두부를 산다.

아버지는 농협 내 주차장에서 쉬면서 기다리고 있었다.

"돈 샀는가."

"콩값이 안 좋다고 구수렁대길래 가져오려 했드마삽다."

"고생했네. 뭐 또 살 것 있는가."

"다음에 와서 삽시다."

어머니가 받은 콩값을 아버지에게 건네자 아버지는 그 일부를 내게 주려고 하였다. 처음엔 아버지 쓰라고 거절했는데, 자꾸 농사짓느라 고생한 값이니 받으라 하는 것이었다.

내가 사는 곳에선 흔히 '돈 벌다'를 '돈 사 온다'고 표현한다. 돈을 산다는 표현은 사람이 먼저라는 생각을 하게 한다. '돈을 번다'는 건 사람보다 '돈'이 우선인 느

낌이라면 '돈 산다'는 사람을 우위로 한 정감 어린 말이
라서 그 말을 들으면 은근히 기분이 좋다.

가짜 농부

　귀농한 지 수십 년이다. 부모님과 함께 마음 붙여 사는 드들강은 여전히 남평을 휘돌아 흐른다. 나는 도시에서 망가진 삶을 귀농하고서 드들강을 통해 회생했다. 몸이 좋지 못한 나는 대학 다니고 직장 생활을 하는 동안 병을 앓았다. 노상 스트레스를 받는 일이 많아 몸을 고달프게 했는지 결국 난청이라는 장애를 얻었다. 젊은 나이에 얻은 난청은 상대방과 대화하기가 불편해 지금도 모임 때마다 유난히 신경 쓰인다.

아버진 몸이 안 좋은 내게 할머니가 키우는 염소를 데려다가 농촌에서 같이 살자고 하였다. 그러나 도시 문화에 젖어 살던 나는 쉽사리 결정하지 못했다. 귓등으로 흘려 버렸다. 그때 일찍이 아버지 마음을 알아차리고 실천했더라면 어땠을까. 좀 더 나은 환경 속에서 귀농했을 텐데 하는 아쉬움이 여태 남는다.

귀농 이후 처음엔 모든 게 서툴렀다. 언제 삽자루 한 번 잡아 봤어야지, 하는 나는 머릿속 글을 삽질해 버렸다. 등단의 기회였던 모 문예지 1회 추천을 삽질해 버리고 만 것이다.

그 후로 농사일에만 전념했다. 부모님은 봄무 농사로 일단 기반을 다지더니 과수원까지 하게 되어 한창 바쁠 때 난 세(稅)로 얻은 논과 밭을 돌아다녔다. 봄이 오면 꽃샘바람과 치열한 전쟁을 했고, 여름엔 피사리와 전쟁을 치르고, 가을엔 하늘의 횡포가 저지른 흙물에 전 벼를 일으켜 세웠다.

할머니가 물려준 염소 네 마리를 백여 마리로 번식시키며 재미 보던 시절도 있었다. 백여 마리 염소를 키우며 날마다 먹일 풀을 낫질해 수레에 실어 오기도 했다. 염소 풀은 대개 대촌천과 드들강이 만나는 정자교

근방의 산 쪽에 놓인 둘레길에 많다. 그때는 자전거 길이 없고 클로버며 염소가 좋아하는 콩과 식물이 많아 딱 좋은 시기였다.

초창기 귀농 시절은 부모님 열성이 아니었으면 적응을 못 할 일이었다. 지금도 처음 귀농 시절이 눈에 선하다. 삽자루나 낫이나 고향에 살 적 잠시 품앗이로 동원되었을 때 말고는 손에 잡은 일이 없었다. 그러던 차에 귀농하고 처음 잡은 낫이었다. 서투른 낫질은 동네 사람들 웃음거리가 되기도 했다.

처음 세를 주고 살던 집은 잠사를 했던 한옥이다. 그런데 지붕 기와가 오래되어 누수가 심해 비 오는 날엔 곰팡 냄새가 가득했다. 전형적인 촌락이라 집 앞에는 복개되지 않은 하수가 배수로를 타고 대촌 쪽의 실개천으로 흘렀다. 하수가 그대로 대촌천까지 흘러가는 것이다. 그 한옥에서 내 방은 조그만 쪽방이었다. 앉은뱅이 책상에 컴퓨터만 달랑 놓고 누우면 머리가 문지방에 닿던 곳이라 겨울이면 감기를 몸에 달고 살았다. 그런데도 폐렴까지 가지 않았던 건 과수원 하면서 끝물 배로 짠 배즙과 염소탕을 먹은 효과였다. 새 일을 하면서 허약한 몸은 점차 건강을 회복했다.

시골 공기가 보약이라고 하지 않는가. 귀농이 죽어가는 나를 살린 셈이다.

그 쪽방에서 몇 년을 살다가 마을의 한 농가를 매입하면서 본격적인 도장골 주민으로 살았다.

그때 지냈던 쪽방을 훗날 지나가다 보았다. 본채 한쪽에 있던 쪽방은 내 삶의 가마터라 할밖에. 그때 쓴 시를 첫 시집에 넣었다. 어려운 시절이었으나 나름 힘차게 살면서 쓴 시였으니 그 힘든 시간에 값을 한 것이다.

드들강과의 조우

귀농 후 처음으로 모심는다고 논에 들어갔다가 미끄러져 무논에 엉덩방아 찧기도 하고 거머리에 질겁하던 날이 있었다. 일을 잘 못해 힘든 날이 매사 빚처럼 청구되던 날 자책의 빌미로 술을 가까이했다.

직장 일과 방송대학 공부를 할 땐 모임에서만 마셨었다. 그런데 나쁜 술버릇이 이때 생겼다. 농촌 생활의 술버릇이 사람을 고약하게 만든다는 말을 들었지만, 나마저 그렇게 될 줄이야. 날이면 날마다 보이는 대로 다 마셔 버리는 좋지 않은 음주 버릇이 결국 몸에 적신호를 보내 꽤 고생했다.

그래도 부모님은 컴퓨터를 잘 활용하는 내 지식을 썩혀선 안 된다고 인터넷을 연결했다. 그때 처음 지금의 KT 원조인 한국통신사가 보급한 인터넷은 메가패스라 해서 통신비가 저렴했다.

인터넷으로 여러 농업 정보를 얻었고 활용하게 되었다. 그러다 우연히 접한 daum 카페에서 지금의 광주전남작가회의 홈의 원조인 '함께 가는 문학' 카페를 알게 되었다. 그곳에서 이 지역 작가들과 인터넷으로 교우하기 시작했다. 일 끝나고 와서 컴퓨터 앞에 잠시 머무르는 그 시간이 그리도 행복했다.

한 선생님은 내가 농사지으며 글을 쓴다니 많은 관심을 보였고 그 후 한번 보자는 연락에 광주전남작가회의 사무실 근방에서 뵈었다. 그 후로 가끔 만나 이야기를 나누곤 했다. 어디서 사냐는 물음에 도시 근교의 지석천 근방에서 농사짓는다고 했다. 선생님이 잠시 나를 바라보더니 거기가 고향인가 물었다. 난 아니라고, 귀농해서 산다고 했다. 선생님은 "그곳은 드들강이라네"라면서 드들강 이야기를 해 주었다.

"자기가 사는 곳에 관심을 가져야 문학은 출발한다
네."

처음에는 드들강이라는 건 모르고 지석천으로 알았
다. 그러고 보니 어느 책에서 읽었는지 모르지만, 그 유
명한 드들 처녀의 전설이 여기라는 데서 놀랐다. 그 후
로 나는 내가 사는 곳의 자료를 알음알음 찾아보며 관
심을 가졌다.

귀농 이후 매입한 집에 살면서 농사일이 조금씩 호
전되었다. 막 비닐하우스를 시작할 때다. 풋고추 농사
를 지어 소득도 많이 올렸다. 이 무렵부터 서서히 드들
강이 눈에 들어오기 시작했다. 먹고사는 문제가 해결되
어야 풍경도 눈에 들어온다고 하더니 사실이었다. 하천
경작지에서 농사만 짓다가 비로소 그 자리를 창작의 공
간으로 끌어들인 것이다.

광주에서 남평으로 가다 보면 남평대교가 나온다.
다리 밑으로 흐르는 강이 드들강이다. 다리를 건너기
전 지금은 없어진 석재상이 있었는데 유난히 우뚝 서
있는 다보탑이 눈길을 끌었다. 경주에 있어야 할 다보
탑이 여긴 왜 있다냐 싶은 얄궂은 눈길을 받아 내는 가
짜 다보탑은 딱히 몸만 이끌고 단신으로 귀농한 농부

같았다. 드들강을 바라보며 떠나온 터를 생각하고 있을 다보탑을 보니 그 다보탑이나 나나 어쩜 저리 비슷한 신세일까 싶었다.

부모님과 귀농했을 땐 몇 년 고생하고 다시 살았던 자리로 돌아가고자 했다. 그러나 점차 시간이 흐르면서 돌아간들 뭐 하랴 싶었다. 컴퓨터 만지는 일을 직업으로 가졌던 시절이 있었지만, 지금은 격세지감이 아닌가. 새롭게 다진 이 터가 내 머물 곳임을 생각하면 자유롭고 평화롭다.

남평 평산리 팽나무

찌는 듯한 된더위가 메아리치는 여름이다. 하우스 일을 일찍 끝내고 돌아와 냉장고를 열어 보니 막걸리가 안 보인다. 한 번에 많이 사다 놓으면 과음하는 습관이 있어서 근래에 아버지는 두어 병씩만 받아 왔는데 벌써 떨어진 모양이다.

날도 더운데 고령의 아버지에게 부탁하기도 미안해 챙모자 하나 쓰고 자전거를 타고 둑으로 라이딩을 했다. 드들강에서 불어오는 바람이 땀을 씻겨 준다. 가다가 남평 평산2구 둑에 우직하게 서 있는 팽나무 그늘 아래 잠시 쉬었다가 남평대교를 넘는다. 예전엔 보행로가 없어 불편했는데 보행로가 생긴 뒤로 남평읍에 갈 일이 생기면 늘 건너다녔다.

농협에 들러 막걸리와 음료수를 사 들고 다시 남평대교를 넘어 제방으로 들어서면 묵묵히 서 있는 아름드리 팽나무는 아버지 같다.

"어디 다녀 오냐" 묻는 아버지 같은 나무.

그 나무 밑을 수없이 지나다녔다. 귀농 전부터 눈에 들어오던 팽나무는 남평 평산리의 역사다. 수많은 물난리를 겪고 물에 빠져 목숨 잃은 사람들을 수없이 보았을 나무. 오래전 여기서 당산제도 열렸었다. 그 나무는 여전히 우람하지만 동고동락하던 사람들이 떠나가고 제방에 홀로 서 있다.

내가 들어와 살 때 나무의 수령이 450년 정도였는데 30여 년을 살았으니 이제 500년에 접어드는 셈이다.

새천년 이후 비포장 둑을 포장하면서 팽나무를 이전해야 한다는 말이 나돌아 어떻게든 살려야 한다고 연판장 돌리던 평산마을 사람들을 떠올린다. 노거수가 있는 마을은 어쩐지 다르게 보인다. 도장골에도 구소 가는 입구 쪽에 수령 높은 느티나무가 있기는 하지만 연배로 따지자면 평산리 팽나무의 한참 후배다.

어느 여름도 매우 뜨거웠다. 초목을 다 태워 버릴 듯한 기세에도 강변의 억새며 여타 넝쿨이 진초록으로 물들어 가는 날, 자전거 타고 막걸리를 사 들고 오는데 나무둥치 아래 한 아주머니가 영양제를 붓고 있었다. 서너 병을 부어 주고 일어서는 아주머니는 평산리 부녀회원이었다. 나무가 더위에 지칠까 염려하며 보살피는 모습이 참 애틋해 보였다.

울창한 이파리를 진 몸은 여러 자식을 거느린 어미같았다. 저것들이 무럭무럭 커서 땅으로 내릴 때까지 나무는 쉼 없이 자양분을 위로 올린다. 그만한 영양을 비축해야 된더위에도 탈 없이 커 간다. 매번 들러 영양제를 붓고 간다는 아주머니를 보며 새삼 나의 무심함을 되돌아보았다.

그늘을 내어 준 나무의 은혜에 보답하듯 사랑의 영양제 붓기. 뒤에 선 나를 보며 묵례하고 가는 평산리 아주머니. 난 여태껏 그늘의 은혜만 입었을 뿐 아무것도 내주지 못했구나. 그제야 나는 막걸리 한 병을 꺼내 나무에 아낌없이 부어 주었다. 그 후로 여름이 다 갈 무렵까지 지나다닐 때면 부어 주던 막걸리. 그 막걸리를 받아 마신 나무는 여전한 자태로 강을 묵묵히 지켜본다.

제방 아래 벤치에 앉아 바라보는 팽나무는 또 진경을 보여 준다. 강변에서 우러러보는 나무는 하염없이 큰 풍채다. 뉴스에 오르내리는 노거수 팽나무 이야기는 여기에 비할 바가 아니라고 내심 생각했다. 그 아래 서 있으면 푸른 기운이 내 온몸에 퍼지는 것 같다.

바람에 이파리가 잔잔히 흔들리는 소리를 듣는다. 그 아래서 시 한 수 얻자고 바라보기도 하고, 무수한 시가 태어나 거쳐 가기도 하고, 막걸리 한 잔을 주거니 받거니 하는 날들도 있었다.

세월이 무상하게 흘러도 팽나무는 그대로 강을 바라보며 묵묵하니 서 있을 것이다. 사람들 자취는 사라져도 여전히 드들강을 바라보며 세상 사연에 귀 기울이는 나무를 통해 무구한 자연의 아름다움을 느낀다.

강변에서 그리움을 짓다

　오래전 남평 앞 드들강 언저리는 촌락과 드넓은 밭
이었다. 가을이면 배추나 무를 대대적으로 심었던 밭이
있던 자리. 어느 해 겨울, 남평 강변에 아파트가 들어설
무렵 배추가 언 채로 팔리지도 못하고 버려져 있는 것
을 보았다. 그땐 김장배추 시세가 폭락할 무렵이었다.
나 역시 그때 배추 농사를 지어 놓고는 시세가 폭락해
서 팔지도 못한 채 속을 끓이고 있었는데, 그곳에서 동
병상련의 아픔을 느낀 것이다.

그 아파트를 지나면 드들섬과 솔숲이 나온다. 그곳은 드들강 전설과 안성현 선생의 추억이 있는 곳이기도 하다. 더운 바람에 지칠 때 곧잘 드들강 언저리 새여울다리(안성현다리) 벤치에 앉아 있다 보면 강이 풍기는 물비린내가 곤한 삭신을 식혀 준다. 하우스 일을 보는 시간이 되기까지 앉아 가져온 시집을 읽다가 흐르는 물을 하염없이 바라보며 흘러온 시간을 되돌아본다.

얼마나 많은 노도의 시간이 흘렀던가. 처음엔 그냥 지석천으로 알다가 원로 선생님의 이야기에 사연 많은 드들강이란 것을 알았을 때, 그리고 힘들어도 자기가 있는 곳을 제대로 알아야 문학을 할 수 있다는 선생님 말씀에서 드들강에 대한 애정은 시작되었다.

드들강변에서 만난 시인, 작가 들과의 즐거운 시간이 파노라마로 흘러들어 내 안에서 머무른 드들강은 어머니였다. 만물이 물에서 시작됨을 새삼 느끼게 해 주는 정한(情恨)으로서의 강.

강길 따라 마른 억새의 도란대는 소리를 듣는다. 아무도 없을 듯해도 뱁새와 청둥오리, 왜가리, 쇠백로가 겨울 언저리에서 휴양하고 있다. 그들이 내겐 시(詩)고 음악이다.

만보 걷기

산책할 때는 될 수 있으면 자전거를 놔두고 걷는다. 앱을 깔아 열심히 만 보 기록을 쌓으면 커피 쿠폰을 준다기에 호기심 반에 만 보 걷기를 시작했다. 사실 일하는 동안 걸어 다니는 걸음 수가 얼만데 만 보가 뭔 대수냐 싶었다. 종일 일하고 나면 걸음 수가 이만 보를 거뜬히 넘어가서 하는 말이다. 만 보는 보통 7킬로미터 정도 나온다. 2만 보 정도 걸었다면 14.5킬로미터다. 참 먼 길을 걸은 셈이다.

건강을 위해 기업이나 지방자치에서 만들어 배포하는 만 보 앱은 꽤 유용하다. 승용차가 미어터진 현실에 비춰 보면 사람들은 의외로 걷는 즐거움을 모르는 것 같다.

길이 있는 곳에 발걸음들이 아침부터 늦은 저녁까지 이어진다. 켜켜이 늘어선 나무들이 시간의 연륜을 불리며 깊어 간다. 나이를 먹을수록 생이 깊어지듯 나무도 그렇게 면면한 모습으로 서서 그늘을 드리운다. 간간이 흘러드는 지저귐과 그늘에 앉아 도란도란 나누는 사람들 이야기, 살아가는 이야기를 듣다가 다시 걷는다. 무언가 발의 설법을 들어야 해서 내 딴은 한 발 한 발 내디딜 때마다 바닥의 소리에 귀를 기울인다. 흙을 뒤엎은 아스팔트며 블록들, 흙의 숨소리는 그 안에서 맴돈다. 돋을새김이라도 하듯 내 발에 착착 엉겨 붙는다. 숨비소리 같은 흙의 숨이 걷는 내내 몸에 스민다.

숨은 살아 있다는 것이다. 생존의 몸부림은 그 어느 곳인들 굳건하다.

풀 한 포기 나무 하나하나 꽃 하나하나에도 저만의 생의 향기가 흐른다. 생각의 틈바구니로 새어 들어오는 텃새 지저귐과 오늘도 붐비는 발걸음에 구걸 행보를 멈추지 않은 비둘기들, 지저귀는 새들 몸짓을 품은 나무들, 하나하나가 저만한 생의 서식처다.

그 자리에서 삶의 체험이 이뤄진다. 경험은 늘 반복될수록 새롭고 진지하게 앞길을 연다. 처음이라는 것에서 약간의 두려움을 이긴다면 안 될 것이 없을 것 같다. 우리네 삶이란 게 그렇다. 애써 구하지 않고 피하고 만다면 변화로부터 퇴행할밖에.

오늘도 이 길을 걸어간 사람이 얼마나 많을까. 그 무수한 걸음들이 각자의 삶이리라. 그런 발걸음 속에 내 걸음도 있음을 느끼며 흐트러지지 않은 자세로 걸으려 한다.

강은 무수한 전설로 흘러 오늘에 이른다. 그 전설은 원형으로 다듬질되어 오늘로 축조된다. 가공된 이야기로 흩어지기도 하고 잊히기도 한다. 그러나 중요한 건 이 나라 산하를 적시며 흐르는 무수한 강물엔 그 강을 배경으로 살았던 사람들의 눈물과 한이 젖어 있다는 사실이다.

집 떠났다가 돌아오면 여전히 집을 지키고 기다려 주는 어머니가 있듯, 오래 떠나 있다가 돌아오면 산천은 여전하다는 말 있듯 강물은 유유히 흐른다. '네가 어디 있든 나는 네 마음속에서 영원하다'라는 말이 선연히 떠오르게 하는 강.

사람은 가도 강물은 여전히 강변을 적시며 도란도란 흘러간다. 붉덩물의 노여움도 언제 그랬냐는 듯 잠잠하게, 태고의 고요를 안고 흐른다.

모든 시작은 물에 있음을 생각하면 희로애락의 세월은 무상하고 애달프다. 그래서 천년의 전설이 도돌도돌 흐르는 드들강은 애잔하다. 촌락은 사라졌어도 강은 여전히 추억 속에서 그리움으로 흐른다. 한때 여기 들렀던 시인의 시를 낭송하며 발길이 머문 자리는 또 다른 추억으로 담길 것이다. 그 강변에 서서 오늘도 불콰하게 젖는 놀을 지켜본다.

풀씨는 힘이 세다

2023년 12월 7일 1판 1쇄 펴냄

지은이	김황흠
펴낸이	김성규
편집	김안녕 한도연 김채현
디자인	신아영
펴낸곳	걷는사람
주소	서울 마포구 월드컵로16길 51 서교자이빌 304호
전화	02 323 2602
팩스	02 323 2603
등록	2016년 11월 18일 제25100-2016-000083호

ISBN 979-11-93412-18-3 (04800)
ISBN 979-11-89128-13-5 세트

* 이 책은 광주광역시 · 광주문화재단 의 지역 문화예술 육성 지원사업
  으로 지원받아 발간되었습니다.